鬼大尉の生贄花嫁

～買われたはずが、冷徹伯爵に独占寵愛されています～

m a r m a l a d e b u n k o

真 彩 - m a h y a -

marmalade bunko

マーマレード文庫

目次

鬼大尉の生贄花嫁

~買われたはずが、冷徹伯爵に独占寵愛されています~

鬼大尉の生贄花嫁

～買われたはずが、冷徹伯爵に独占寵愛されています～

変わった軍人さん

世は変わる。

三百年続いた徳川《とくがわ》の時代が終わり、明治《めいじ》で文明開化し、その約四十~五十年後に年号は大正《たいしょう》となった。

今は大正九年。

一昨年には世界規模の大戦が終結し、この国はさらに近代化へ向けて走り出している。

そんな中、私は時代に取り残されていた。

「ありがとうございました」

出稽古が終わり、道場主の山上《やまがみ》さんに頭を下げる。

「見事なお手前でした。女性にしておくのがもったいないくらいです」

白い髭を生やした老人は、心の底からそう言っているように見えた。

褒められているのはわかるけど、私は内心ムッとする。

うちの実家は、無名の剣術道場。

一応【天然一刀流《てんねんいっとうりゅう》】というどこかで聞いた名前をつぎはぎしたような流派名がついているけど、全然有名ではない。なので、門人も十人ほどしかいない。

うちは代々、徳川家家臣だったらしいけど、大正になった今ではそんなのなんの強みにもなりゃしない。

徳川家家臣だったことを誇りにしているのなんて、私たちの祖父母世代まで。

その祖父母も亡くなった。今は両親と三人で暮らしている。

おんぼろ道場は父に任せ、私は師範代としてあちこちで出稽古をし、日銭を稼いでいた。

山上さんが持つ立派な道場には門人三百人が通う。これでも明治以前の有名道場に比べたらかなり少ない方だ。

明治に廃刀令が出され、銃や大砲などが刀にとって代わり、剣術は実戦においては無用の長物となった。

今では、心身ともに強く鍛えるためという目的で剣術を習う人が多い。

決して、その技を極めようという目的ではない。

だって、剣術がいくら強くたって、昔みたいにそれで身を立てられるわけではないんだもの。

挨拶を終えたら竹刀と防具を肩に担ぎ、道着と袴で帰り道を行く。

髪は邪魔にならないよう、後頭部の高い位置でひとくくりにしていた。

てくてくと歩いていると、前方からふたりの女性が近づいてきた。私は道の端に寄る。

ふたりはどうやら女学生のようだ。

髪に大きなリボンをつけ、着物に袴、足元はブーツを着用している。

颯爽と風を切って歩く彼女らに、視線を奪われた。すると、すれ違う彼女たちと目が合ってしまった。

「まあ、なんて格好いい方」

「男の子かと思ったら、女の子なのね」

ふたりはクスクスと笑い合いながら、歩き去っていった。

格好いいって……褒められたのか？

バカにされたような気もして、またまたムッとした。

なにが「原始、女性は太陽であった」よ。

世間では婦女子の自立が進むと言われているけれど、現実はまったくそんなことはない。

女学生だって、やっていることは花嫁修業みたいなことでしょ。

別にね、やっかんでるんじゃないの。私はあんなリボン似合わないし。もう二十歳だし。

なにより、私を学校に通わせる余裕が、うちにはなかった。

それよりも胸を重くするのは、女だてらに剣術をしていると奇異の目で見られること。

うちには私しか子供がおらず、いつかお婿さんを迎えると決まっている。

別に女が道場主だっていいじゃないの。

無名の流派だけど、他の流派と竹刀を交え、私が負けることはほとんどない。

女だから手加減されているとは思えない。みんな、最初はヘラヘラしているけど、私が攻撃を仕掛けた途端に顔色が変わるのだ。

自分で言うのもなんだけど、私は強い。

なのに、女性だからという理由で認めてもらえない。女が師範を務める道場など、男の常識ではありえないのだ。

胸がムカムカして、早足で家に向かった。早く水でも飲みたいわ。

本心を言うと……私だって別に、どうしても道場主になりたいわけじゃない。

物ごころついたときから竹刀を握らされていたため、自然と剣道に愛着を持ったし、もっと強くなりたい、技を極めたいという気持ちはある。

けど、これを一生の仕事にせよと言われると、少し違和感を覚えるのだ。

もしうちが剣術道場でなかったら、私は道場主になりたいだなんて思わなかっただろう。

ひとりで剣術を極めるのと、誰かにそれを教えるのは違う。

もっと色んなことを勉強して、広い世界を見て、外で仕事をする。

そんな生き方ができたらよかったのだけど……いかんせん、うちにはお金がない。

かといって剣術一筋でやってきた父親に今から別の商売や仕事ができるとも思えず、なんとか毎日をしのいでいる状態だ。

普通の家庭に生まれて、趣味で剣道をやるくらいがちょうどよかったな……。

「なんて、考えても仕方ないわよね。あーお腹空いた」

頭の中から可憐な女学生の姿を追い出し、大股でずんずん進んでいると、今度は前から黒い学生服で帽子をかぶった男の子たちとすれ違った。

四人組のその人たちは、みんな同じ格好をしていた。学生服の上にマントを羽織り、足元は下駄。

制服ですぐにこの近くの名門校の生徒たちだとわかる。裕福なお坊ちゃんしか行けない学校だ。

「おい、今の見たか。女性だぞ」

背後でそんな声が聞こえた。

神経過敏になっているのか、カチンとくる。

けど、すぐに思い直した。別にいいわ。なんとでも言いなさいよ。

無視して歩いていると、遠ざかっていくはずの足音が背後から忍び寄ってきた。

「もし、お嬢さん」

とんとんと防具を担いでいない方の肩を叩かれた。

気安く触らないでよ。

振り返り、声の主をにらむように見ると、彼は薄気味悪いニヤニヤとした笑いを顔面に張り付けていた。

「稽古の帰りですか？」

それ以外どういうふうに見えると言うのか。

「これから僕たちと遊びに行きませんか」

行くわけがない。

私は彼らを無視して先に進む。すると今度は肩にかけていた竹刀を引っ張られた。

「なんですか?」

「こちらが質問しているのだから、答えるのが礼儀だろう」

男子学生たちは、私を取り囲むようにして見下ろす。

「なにが礼儀よ。そっちこそ名乗りもしないじゃない」

「なんだと、女のくせに」

「女が竹刀を持って歩いているのがそんなに珍しい? 私は忙しいの。ご両親のお金で学校に通っていて労働をしていないあなたたちとは違う。放っておいてちょうだい」

彼らからいやらしい笑顔が消えた。代わりに目がつり上がる。

「こいつ、男を舐めやがって」

「男だからってなに。男がそんなに偉いの? まだなにも成し遂げてない学生のくせに、もう偉くなったつもり?」

「なんて生意気な。勘弁ならん」

正面にいた学生が、拳を握って振り上げた。

お、やる気? 得物がなくても負ける気はしないわよ。

私は竹刀と防具を降ろし、攻撃に備えて防御の姿勢をとる。

「女性によってたかって、なにをしている」

背後から声をかけられ、思わず振り向く。学生たちも同様だった。

「うわ」

誰かが呻き声のようなものを漏らした。

私たちの前に立っていたのは、帝国陸軍の枯葉色の制服を着た軍人さんだった。

「その制服はすぐそこの学校のものだな。学生証を出せ」

学生たちはさっと顔色を変えた。

「いえ、あの、大したことではなく」

誰一人学生証を出そうとはせず、その場から逃げていこうとする。

軍人さんは一番近くにいた学生の腕を摑み、冷たい目で見下ろした。

「大したことではない？　では、学生証を見せても支障ないはずだが」

「や、あの、ご勘弁を」

泣きそうになった学生を置いて、他の三人は逃げていこうとする。

「逃げるんじゃない！　それでも男か！」

ビリビリと空気が震えるほどの大音声。

びっくりした私と学生は、直立して固まった。

「男ならば女子供を守るのが当然だろう。こんなみっともない真似は二度とするな。いいな」

ぎろりと長身の軍人さんににらまれ、学生たちは縮みあがった。

「は、はいっ」

「さようならっ」

学生たちは軍人さんのいない方へ一目散に駆けていき、あっという間に見えなくなった。

学校に通報されたら困ると思ったんだろう。困るくらいなら、最初からケンカなんて売らなければいいのに。

日本の未来を背負って立つ名門学校の学生があの体たらくとは……。

呆気に取られていると、軍人さんが近づいてきて竹刀と防具を拾ってくれた。

「なかなか年季が入っているな」

「す、すみません。拾わせてしまって」

渡されたものを受け取り、再び肩に担いだ。

年季が入っていて当たり前だ。防具も竹刀も、それを入れる袋も、使い込んで味が出てきて……というか、くたびれてきている。

見上げた軍人さんは、二十歳の私より少し年上に見えた。

涼やかな目に高い鼻。

軍人といえば、偉そうで筋骨隆々の大きな人を想像するけど、彼はまったくそうじゃなかった。

私が今まで見てきた中で、一番の美男子と言って差し支えないだろう。

まるで写真から抜け出してきた役者さんみたい。

さっきは鬼のように思えたけど、よく見れば女形をやってもいいくらいの顔立ちだ。

「寧々《ねね》さんか」

彼は私の竹刀袋の刺繍を見て、名前を読み上げた。

刺繍は母が刺してくれたもので、綺麗な出来栄えであることが救いだった。

「はい。あの、さっきはあいつらを追い払ってくださり、ありがとうございました」

冷静になってみれば、私も大人げなかった。

ケンカしても負ける気はしないが、騒ぎになればうちの道場の名に傷がついたかもしれない。

素人相手に師範代がムキになっちゃだめよね。まだまだ修行が足りないわ。

「礼を言われるまでもない。それにしても見事な啖呵だった」

「え……」

軍人さんは端正な顔でくすりと笑いを零した。

聞かれていたのか、あの啖呵を。

羞恥で顔が熱くなる。

というか、この軍人さん、意外に柔らかく笑うのね。

「こんなにかわいい人が道着で歩いていたら、そりゃあ学生たちも興味が湧くだろう」

「か、かわいい⁉」

かわいいだなんて、初めて言われた。

この人、変わっている。

あの啖呵を聞いたあとで私のことをかわいいと思えるなんて、通常の感覚ではないわ。多分。

道場での私を知っている男の人は、「君は強い」と褒めてはくれるけど、女性扱いはしてくれないし、かわいいなんて言わない。

むしろ、「かわいげがない」と言われるのが常だ。

さっきまで怒っていたのに、この変わりようはなに。

どっちが本当の彼なんだろう……。

軍人さんの笑顔が、私の胸を強く叩いていた。

「学生たちの気持ちもわかるけど、複数で取り囲むのはよくない」

さらっと私を褒めた軍人さんは、ますます熱くなってなにも言えない私とは対照的に、涼しげな顔をしていた。

あまりに涼しげなので、本気で言っているのかどうか疑ってしまうほどだ。

「ああして脅しておけば、しばらく悪さはするまい。では、私はこれで」

軍人さんは帽子をとり、軽く会釈をした。

少し茶色がかった髪が風に揺れる。

私は思わず、彼に見惚れてしまった。

「あ、お名前を……」

やっと我に返ったときには、彼はもう声が届かないほど遠くにいた。

通りすがりに助けられた、と言っても声をかけられただけなので、わざわざ追いかけてつきまとったら迷惑かしら。

剣は強くても、男の人との接し方はからっきしわからない。

私、もう二十歳なのに。今までなにをしてきたのか。

「まあいいや。ただの通りすがりだもの」

あんなに素敵な殿方が、世の中にはいるのだなあ。勉強になった。

鬼のように冷徹で怖い人かと思えば、柔らかな物腰で冗談を言ったりして。ちょっと変わっている……。

もう少しおしゃべりしたかったな。彼がどんな人か、もっと知りたかった。

なんて思いつつ、諦めて踵を返し、自宅へ向かって歩き出した。


帰ってからもたびたび、私の頭の中に変わった軍人さんの姿が浮かび上がった。

「寧々、どうしたの」

目の前で手をひらひらされて、ハッと我に返る。

何度も瞬きすると、心配そうな顔で私を覗き込む母と目が合った。

気づけば私は右手に箸を、左手にお茶碗を持ったまま固まっていた。

右側には同じく私を見つめる父の姿がある。

そうだ、今は夕食の時間だっけ。

お膳の上には焼いた小魚、なにかの葉っぱが浮いた味噌汁、お漬物。質素を絵に描いたような食事だ。

「ごめんなさい。ちょっとぼんやりしてて」

これがうちの通常の食事。食べられるだけで感謝。粗食でもいつも元気。

なので、栄養不足で頭がぼんやりしているわけじゃないと思う。

自分でも不思議だけど、あの軍人さんのことが、思い出そうとしているわけじゃないのに自然に頭の中に浮かんでしまうのだ。

一度浮かぶと、彼についてぼんやり想像を巡らせてしまう。

少し年上みたいだったから、もう奥さんがいるかも。

いや、いなかったらどうこうするってわけでもないけど。うん。

あんなに男前な軍人さんを見たことがなかったから、柄にもなくときめいちゃったのね。

贔屓の役者にのぼせる気持ちに似ているのかも。

今まで知らなかった感情に、頭の理解が追い付いていない。

とにかく、ちゃんとご飯を食べないと。

あんまりぼーっとしていると、両親に病気になったかと疑われてしまう。

改めてお米を口に運ぼうとした私に、父が言った。

「寧々ももう二十歳だものな。色々と考えることがあるだろう」

「え？　ああ、まあね」

考え事をしていたのはバレていたみたいだ。

厳密には考え事というか、ただの空想だけど。

「将来のこともそろそろ具体的に決めないといけないな」

父はすでに食べ終わっており、母が出したお茶をすすった。

空になった湯飲みが置かれ、ごほんと父が咳払いをしたとき、母の背が伸びた気がした。

もしや、お婿さんを取れって話じゃないでしょうね。

そんじょそこらの弱い男の人じゃ嫌よ？

自然と私の背も伸びる。

そうならばどう返せばいいものか。

私は剣道は好きだけれど、お婿さんを取ってまで道場を存続させていくのは気が進まないと、正直に言うべきだろうか。

でも、そんなことを言ったら両親はがっかりするだろうし……。

身構えると、父がゆっくりと口を開いた。

「寧々、お前に縁談が来ているんだ」

ほら来たやっぱり！

「お婿さんを迎えろと？」

いつかそういう日が来ると、わかっていた。けれど、いざそうなるとやはり抵抗がある。

「いや、お前がお嫁に行くんだよ」

「はい？　でも、そうしたら高槻《たかつき》家は絶えてしまうわ」

絶やして困るほどの血筋ではないけれど、とは言わないでおいた。

だって、ずっとお婿さんを迎えるようにと、幼い頃から言われ続けてきたんだもの。

今さらお嫁に行けと言われても、戸惑いしかない。

「そうなんだが、寧々が結婚してくれないと、我が家はもっと困ることになる」

父が渋い顔で腕を組んだ。彼の言葉の語尾はほとんど唸り声に近かった。

母も力なくうつむいている。

「どういうこと？」

「金がないんだ」

私の質問に、父は簡潔に答えた。

「知ってるわ」

道場も住居もボロボロで、あちこちから隙間風が不気味な音を鳴らして吹き込んでくる。

そもそもうちの極貧生活は昨日や今日始まったことではない。物ごころついてからずっとそうだった。

「そう、ずっとないんだ、うちには。だけどもう、最近はごまかしようもないくらい逼迫している」

「そうだったの？」

たしかに門人は少ない。十人なんて、普通はやっていけない人数だと思っていた。

私が出稽古に行くくらいでは、もうどうにもならなくなっていたのだ。

「私が結婚したらどうなるの」

「それが、すごくいい縁談なんだよ。寧々を嫁がせたら、俺を警視庁で雇ってくれるという人が現れて」

父の話をよく聞くと、父の昔馴染みの知人が警視庁に勤めていて、剣術師範を探しているという。

そこに父を紹介してくれる代わりに、私を差し出せということらしい。

なるほど、剣術の時代は終わったけど、警官はサーベルを持っているものね。

それに、心身の鍛錬という意味で、需要があるのだろう。

父はそれなりの剣の使い手だ。

若い頃に有名流派の剣術を習い、免許皆伝まで受けている。

昔馴染みという人はそのとき知り合った人らしく、父の腕を見込んで推薦してくれたのだという。

「お相手はなにをしている方なの？」

「帝国陸軍の大尉さんだ。しかも爵位は伯爵」

「大尉！」

大尉といえば、けっこう上の階級だった気がする。

しかも伯爵の称号まで持っているってことは、大尉のお父さんかお祖父《じい》さんくらいが華族かなにかなのかしら。

助けてくれた軍人さんが脳裏に閃いたけど、あの方は大尉にしては若かった。せいぜい少尉くらいだろう。

「大尉はご両親を亡くしている。その親戚が俺の昔馴染みの片岡《かたおか》殿ってわけだ。片岡殿は大尉がひとりで暮らしているのを心配していてね。あ、使用人はいるけど、家族はいないという意味だ」

父は口下手なので、話があっちこっちに飛ぶ。

とにかく、その大尉さんは、ご両親も祖父母も他界しており、たったひとりで大きなお屋敷に住んでいるらしい。

いい年なのだが結婚する気がないようなので、叔父である片岡さんが心配しているという。

大尉のお父さんの弟である片岡さんは、とある華族のところにお婿さんに行き、苗字が片岡になったらしい。

別に、結婚するもしないも本人の自由なんだから、放っておけばいいじゃない。

と私は思うけど、世間では「結婚してこそ一人前」という考えが主流なのはわかっているので、黙っておく。

「大尉はすごいお人だぞ。とても頭がよくてな、一昨年シベリアに出兵した際、小隊を率いて天才的な戦略を立て、活躍されたそうだ。だから異例の速さで出世したんだと」

シベリア？　そういえば、ロシアに残っているチェコスロバキア軍を解放するため、日本軍がシベリアに出兵しているんだっけ。

「まだ日本軍はシベリアに残っているわよね？」

「ああ。しかし大尉は去年、任務を終えて帰国してきたんだ」

日本軍がシベリアに出兵してから三か月ほどで、大戦は終結した。アメリカはさっさとシベリアから撤退したのに、日本軍はまだ残っているという。

シベリア出兵のせいで米の値段が高くなった。商人が、シベリアに送る米を政府に売るために買い占めたからだ。そのため、あちこちで暴動も起きている。迷惑だから、さっさと引き上げてくればいいのに。

それはさておき、縁談の話に戻ろう。

自分で戦うのではなく、指揮官を務める大尉か……。

肉体派というよりは頭脳派なのかしらん。

ああ、あのとき助けてくれた軍人さんが、結婚の相手だったらなあ。

と夢想してみてもどうにもならない。自然とため息が出る。

「妬まれたりもしているらしいが、それは天才の宿命だよなあ」

「妬まれているの？」

「ああ。しかも、どこぞの華族のお嬢さんが大尉に夢中でな。でも片岡殿は大尉とそのお嬢さんが一緒になることには反対なのだ。力を持ちすぎると、恨みを買うからな。

なにより大尉本人が嫌がっているらしい」

待って待って、情報が多すぎる。

ええと、とにかく大尉は常人ではありえない早さで出世をしたと。そのせいで妬まれているのに、さらに華族と結婚して力をつけると、さらに妬まれると。

だから、なんの権力もない家の子と結婚するというわけ？　軍人さんなのに、平和主義なのね。

「大尉の叔父さんが、その家より早く縁談をまとめてしまおうと思っている。そういうことなの？」

「うむ」

父は短くうなずく。

いくらその華族のお嬢さんが気に入らない――お嬢さんのお父さんが嫌なのかもしれないけど――からといって、私みたいなのと会いもせずに結婚してしまって、大尉は本当にいいの？

だって普通、結婚ってお互いの得になるようにするものじゃない。

特に男の人にとっては、権力は大きければ大きいほどいいんじゃないのかな。

妬まれていても別にいいじゃない。妬みたい人には妬ませておけば？

って思うのは、私が単純だからかしら。

今まで黙って聞いていたけど、じわじわ怖くなってきた。

知らない人といきなり結婚させられるのは、普通のこと。

知り合いのお嬢さんも、祝言で初めて旦那さんと顔を合わせるって言ってた。

でも、こんなのあんまりだ。

家が貧乏なせいで、中年オヤジに嫁がなきゃならないなんて。大尉だもの、多分中年よね。

しかも、他の人に想いを寄せられているんでしょ？

そちらを出し抜くように結婚しても、面倒なことが起きる予感しかしない。そんなのに巻き込まれたくない。

それなら道場を継いだ方がまだマシな気がしてきた。

「徳川家家臣だった我が家も、ここまで落ちぶれてしまってはどうしようもない。相手方は長州《ちょうしゅう》出身だが、時代はもう大正だ。手を取り合って生きていこう」

「えぇっ」

父は悔し涙を拭うような素振りを見せた。本当に泣いているかどうかは、手に隠れてわからない。

いまだに徳川だ薩長だなんて敵対意識を持っている人は少なくなってきている。

しかし父や私は幼い頃、祖父に薩長は敵だと教え込まれた。うちが没落したのは、彼らのせいだと。

そんな祖父が生きていたら、猛反対したに違いない。

「大尉のお祖父さんが長州藩出身で、お祖母《ばあ》さんが元お公家様だ」

「長州って」

聞いているうちに眩暈がしてきた。

あー無理。絶対に無理。

伯爵家出身の大尉。生まれながらの勝者。しかも天才指揮官。

そんな人の家に、没落士族の孫である私が嫁ぐですって？

私だってこの大正に、官軍だ賊軍だなんて言う気はない。

ただ、生まれが違いすぎる。

価値観が合わないのは目に見えている。結婚したってうまくいくわけはない。

「そんなすごい方と結婚なんて嫌よ。ねえお父さん、諦めないで、もっと普通の男の人にお婿さんに来てもらって、みんなで働けばきっと……」

父の情に訴えようと、わざと切実な顔を作る。しかし父はなにも聞きたくないと言うように首を横に振った。

「いや、お前は大尉と結婚させる。もう決めたんだ」

決然と言い放った父の言葉に、頭を金づちで殴られたような衝撃を受けた。

驚きとも悲しみともつかない感情の波が、私を襲う。

「私の意思を無視して、勝手に決めないで！」

やっぱり私には演技なんて無理だ。

殊勝なふりは長く続かず、思わず大きな声が出る。

相談を持ちかけたように見せかけて、最初から私の気持ちなんて関係なかったんだ。

「仕方ないだろう！　もう無理なんだ！」

父が私の大声を上回る大音声で怒鳴った。

びっくりして言い返す言葉が見つけられないでいると、母がコンコンと咳をしだした。

「大丈夫か、ツネ」

「ええ……」

母の顔は青白い。

さっき怒鳴ったばかりの父は、眉を下げて母の背中を撫でていた。

しばらく母の咳は止まらなかった。咳が一旦落ち着くと、父が口を開いた。

「ツネの体調もよくないんだ。気づかなかったか？」

父は私に助けを求めるような目でこちらを見た。

母はいつも休まずに家事や裏の畑で農作業をしていた。

おまけに食べる物は私と父にほとんど与え、自分は小食だからと、あまり食べていなかった。

それが気にならなかったわけじゃないけど、母はいつも、あまりにも平気な顔をしていた。

だから、私は母がよほど丈夫にできているのだと感心していたのだ。

でも、そんなわけはなかった。母は普通の人間だった。

適度に栄養と休養をとらなければ、壊れてしまう。

「そんな……お母さん、どれくらい悪いの。お医者さんには診てもらったの？」

「大したことないよ。お父さんが大げさなだけ」

母は私に笑いかける寸前の顔を強張らせ、また咳き込む。

「医者に診せる金もないんだよ、うちには。このままじゃどんどん悪くなってしまうかもしれない」

「あなた、私は大丈夫よ」

「大丈夫じゃないだろう。この前だって、畑で倒れたじゃないか」

畑で倒れた？　そんなの、聞いてない。

いや、言えなかったのか。私に心配をかけたくなくて。

母は青い顔で気丈に振る舞い、父の方が泣きそうな顔をしていた。

それを見ているだけで、私まで胸が苦しくなった。

「お母さん……」

自分が学校に行けないのを嘆くこともあるけど、母もそうだった。

貧しい家に生まれ、学校に行かず働き、貧しい道場に嫁いで、ずっと苦労している。

「お金ができたら、必ずお医者さんに診てもらってよ？」

私のために、色んなことを我慢していた母。

彼女のためにできるのは、これくらいしかないのか。

悔しいけれど、私も自分の限界を感じていた。

お金さえあれば、違う人生があったのかな……って思うけど、ないものはない。

「寧々……」

「わかりました。お母さんのために、私は嫁ぎます」

今まで私たちのために頑張ってくれたお母さんを見捨てるわけにはいかない。

それに、これ以上意地を張っても、道場は傾いていく一方だろう。剣術の時代など、とっくの昔に終わっているのだから。

このあたりが潮時だ。継ぐものもなくなった私が家のためにできることは、結婚くらいしかない。

そうだ。一度結婚して、お父さんの再就職が軌道に乗ったらすぐに離婚するっていうのはどうだろう。

あんまり大尉さんに好かれないように、なるべく不潔で怠惰な生活をしていればいいかしらね。愛想を尽かされたら、なに食わぬ顔で帰ってきちゃおう。

私の思惑を知らず、お父さんは相好を崩して「ありがとう、寧々」とお礼を言った。

母は「ごめんね」と涙を流してうなだれる。

「いいのよ、泣かないで。お母さんの体が一番だもの」

「私なんて……娘の重荷にしかなれないなら、さっさと死んでしまった方がいいのに」

「そんなこと言わないで。お母さんは私の大事な人なんだから」

私はやせ衰えた母の体を抱きしめた。

なんとかなる。なんとかしてみせる。

こんなときにふと、軍人さんの顔が浮かびそうになった。

私は強く瞼を閉じ、彼の面影を脳裏から追い払った。

やっつけ結婚式

数日後。結婚することを決めた私の元に、贈り物が届けられた。

「うわあ……」

古い道場に続々と運び込まれる品々に、私は圧倒された。

のし付きの金包、鰹節、昆布、するめなどがずらりと並ぶ。

「やあやあ、あなたが寧々さんか！　このたびはどうもありがとう」

父の昔馴染みであり、この縁談を持ち込んだ張本人、片岡さんが私の肩を叩く。

片岡さんは大尉の叔父にあたり、手広い商売をしている実業家らしい。今日は結納の品を持って、わざわざ訪れてくれたのだ。

上等な洋服を着た片岡さんは、口の上に髭を生やしている。

「ふつつかものですが、よろしくお願いいたします」

「そう緊張しないでいただきたい。今日は本人が来られなくて申し訳ないね」

「いいえ……」

逆に、式の当日まで会わない方がいいかもしれない。

結婚する前に逃げ出したくなるような相手だと困るもの。一応は結婚しないと、父の再就職に障る。

渡された目録を父が開き、ひとつひとつ結納品を確認していく。

最後に送り主……つまり大尉の名前と住所が書いてあった。

「有坂《ありさか》隆清《たかきよ》様……」

名前は爽やかね。

私は遠慮なく片岡さんを見上げ、質問を投げかけた。

「あのう、隆清様はおいくつなのでしょうか」

「寧々、失礼だぞ」

不躾な私を父が止めようとする。が、片岡さんは機嫌を損ねるふうでもなく、鷹揚に笑って答えた。

「なんの、結婚相手のことを知りたいと思うのは当たり前のことだ。隆清は今年二十五になる」

「二十五!? それで大尉なんて」

その若さで小隊長を務め、大尉にまでなるのは、なかなかできることじゃない。

「早いだろう。隆清は戦略の天才なのだ。まるで上空から戦場を見ているように、地の利を生かして見事な兵の配置で敵を誘い込み、少数でも勝利をおさめる」

「へえ～！」

本当にすごい人みたい。年も近くてよかった。

戦はまず、兵の数が敵を上回ることが重要だと聞いたことがある。

少しの兵でも勝ててしまう戦略の天才に、ちょっと興味が湧いた。

「しかし、本当にうちの寧々でいいのでしょうか」

母が不安げな表情で片岡さんにお茶をすすめる。

「この通り、うちは貧乏で同等の結納品をお返しすることもできません。寧々も見た目は人並み、子供の頃から剣術ばかりで、花嫁修業をしたことがなく、ちっとも女性らしくありません。隆清様のお気に召すか心配でなりません」

おっとお母さん、自分の子を貶めすぎじゃありませんかね？　片岡さんほど身内自慢する必要はないけど、もう少し私のいいところを言ってくれてもいいのでは？

引き攣る私とは対照的に、片岡さんは静かにお茶を飲み、微笑んだ。

「家事は使用人がするので問題ありません。元気で明るければそれでいいのです。それに寧々さんはツネさんに似てかわいらしいですよ」

「そう……ですか？」

「ええ。隆清自身、権力争いに巻き込まれるのは嫌だと言っております。彼が望むのは完璧な妻ではなく、安らげる場所なのだと私は感じています」

私は黙って片岡さんの顔を正面から見据えた。

嘘を言っているようには見えないけど、本心は彼にしかわからない。

普通、結婚とはお互いの実家に利益がなければしないものだ。

しかも普通の家同士ならともかく、今回は明らかに旦那様の家が格上。

わざわざ私のような貧乏人の娘を嫁に欲しいというのは、やっぱり変わっている。

完璧な妻ではなく、安らげる場所、か。

「それが本当なら、うちは完璧ですね。権力などないから、どことも争いにならない」

「おい、寧々」

父が怒ったような顔で私を止める。

片岡さんは曖昧に笑い、湯飲みを置いた。

「そうだ、もうひとつ寧々さんに渡すものがある」

彼は隅に控えていた書生を呼び、耳打ちをした。

書生は高く積まれた結納品の陰から、たとう紙に包まれた着物を持ってきた。

「これは有坂家の花嫁に代々伝えられてきたもので」

話しながら紐を解く片岡さん。

たとう紙の中から現れたのは、正絹と思われる少し黄みがかった、白い着物。

おめでたい鶴の模様が刺繍されたそれは、紛れもなく白無垢だ。

「まあ……なんと素晴らしい」

母が嘆息する。

相当上等な品のようだけど、そもそも上等な品を見たのが初めてなので、よくわからない。

「綺麗ですね」

ありきたりだけど、素直な感想を述べた。

さすが、元公家のお祖母さんがいるだけある。有坂家が由緒正しき家だと、これだけで証明している。

「これを着た寧々さんに会えるのを楽しみにしていますよ」

片岡さんは自分の髭を指で撫でた。

私は内心ため息を吐きたいのをぐっと堪え、なんとかうなずいた。

白無垢としては、こんな汗くさい剣術娘に着られるのはさぞかし心外だろう。

『何十年ぶりに花嫁に会ったのに、期待外れ……』なんてぼやいている気がする。もちろん、白無垢に意思がないのなんてわかっているけど。

公家のお嬢様たちが代々纏ってきた白無垢が、私に着こなせるのだろうか。

片岡さんは襦袢や綿帽子、その他小物一式も置いて帰っていった。

「ちなみにお母さんの白無垢なんてのもあるの？」

あるのなら、そちらを着たい気もする。

「あるわけないでしょ。私だって姉さんに貸してもらって着たのよ」

やっぱり。貧しい農家に生まれたお母さんは、自分の白無垢など作ってもらえなかったのだ。

「寧々は果報者ねえ。もったいないくらいの縁談だわ。ご主人を大事にするのよ」

白無垢を広げてため息を吐く母の横で、父はいつもより身が縮まったみたい。

気配を消し、黙っている。その顔には気まずさが広がっていた。

「世の中、お金や家柄だけじゃないわよ。まだ為人《ひととなり》がわからないわ。伴侶にするなら、優しい人が一番よ」

「そりゃあね。いくらお金持ちでも意地悪じゃ困るわね」

「そうそう」

母が私の意見に同意して、やっと父がホッと安堵したように息を吐いた。

私としては、恋に落ちて結婚した父と母の方が、よほど果報者に見える。

相手は私のことなど知りもしないのだ。

私個人の特性など関係なく、どんな家柄の娘かが大事。

その点では、他の政略結婚となんら変わらない。

巷では、恋愛の末に結婚する人たちもちらほら出てきているというけれど、まだまだ稀だ。

誰かと大恋愛して、その末に結婚できるとは、私だって思っていない。

むしろ、お婿さんをもらって道場を継ごうと思っていたくらいだもの。

でも、ほんのちょっとだけ、私自身のことを気に入ってくれる人と出会ってみたかったな、なんて。

いいよね、思うくらい。

私はぼんやりと、頭の中に素敵な軍人さんのことを思い浮かべた。

ああいう人と結婚とはいかないまでも、一度くらい恋愛できたらなあ……。

同じ軍人でも、私は少し変わり者のところにお嫁に行かなくちゃならない。

ちくちくと胸が痛み出したので、私は「ちょいと厠へ」と言ってその場から去った。

部屋を出ていく直前「なんとはしたない！」と母が怒る声が聞こえた。

二か月後。

ついに、結婚式の日がやってきてしまった。

早朝に起き、母に白無垢を着付けられ、私たち親子は家を出た。

式にはわずかだけど親戚も来る予定で、彼らはもう少しあとに集まる手筈になっている。

私と両親は式場である神社――地域でも有名な、由緒正しき大神宮――へタクシーで向かう。

もちろんタクシーは有坂家が手配してくれたもの。

タクシーは高価なので、自分たちだけだったら、暗いうちからえっちらおっちら歩かねばならないところだった。

初めて乗る黒いT型フォードの窓から、流れていく景色を見る。

「車って早いのねえ。見て見て、ミルクホールですって。行ってみたいわあ」

これからお嫁に行くというのに、キョロキョロ周りを見ておしゃべりをする私を、母が心配そうに見つめた。

「本当にこんなお転婆娘が、お嫁に行って大丈夫かしら」

「あーら、大丈夫よ。旦那様は、権力争いに巻き込まれないような家柄の娘ならば誰でもよかったんでしょ。破滅的におかしなことをしなきゃ、なんとかなるわ」

緊張感がまったくないといえば嘘になる。

いくら私だって、白無垢を着ればしゃきっとするし、旦那様がどんな人か、多少心配はある。

でも、数日考えて、「もういいや」ってなったのよ。

だって、いくら考えても悩んでも、解決しないんだもの。

両親の生活を考えたら、私に残された選択肢は結婚の一択のみ。

じゃあ、悩む時間が無駄じゃない。

だから私は、実家にいる間はできるだけ楽しもうと決めたのだ。

難しいことを考えるのをやめ、母の病気の心配もほどほどにし、いつも通りに毎日を過ごした。

申し訳程度に花嫁修業もしたけど、それほど効果があったとは思えない。

料理も裁縫も、そこまで上達はしなかった。

好きこそものの上手なれって言うもの。好きなこと以外は、いくら時間をかけても身につかない。

「寧々が嫁に行く日が来るとはなあ」

もう目を真っ赤にさせている父を、私は笑い飛ばす。

「すぐに戻ってくるかもしれないから、そんなに寂しがらないで」

「おバカっ。なんて罰当たりな」

母に叱られ、私は小さく舌を出した。

育ててくれた恩は感じている。

でも、なんて言うかなあ。やっぱり、お嫁に行くっていう実感がないんだよね。

約三十分後、タクシーから降りた私たちは神社の入り口で手を洗い、身を清めた。

「さて、まずは斎主様にご挨拶しましょう」

私たちは斎主様に挨拶したあと、客殿に案内された。

「一番乗りね。すごい、広い」

客殿の高い天井を見上げ、くるくる回る私を、母が止める。

「ねえ、着崩れるから。お願いだからじっとしていてちょうだい。そのうち相手とその親族も来るんだし」

わかってるわよ。だって、結婚式だものね。

座敷に上がって座ろうとすると、建物の外から話し声がして振り向いた。

「おはようございます。本日はお日柄もよく……」

洋装の片岡さんが愛想よく挨拶する。

その後ろに隠れるようにして、紋付袴を着た男の人が立っていた。

すらりとした長身のその人が、顔を上げてこちらを見る。視線がかち合う。

「あああーっ！」

私は目を剝き、遠慮なく紋付袴の彼を指さして絶叫した。

相手もぽかんとした表情で私を見ている。

「ど、どうしたのよ寧々」

「なにかあったのかね？」

母と片岡さんが私と紋付袴の彼を交互に見る。

「あ、あなたが旦那様……？」

震える指を、父が「失礼だぞっ」と摑んで下げさせた。

なんと、紋付袴で現れたのは、稽古帰りに会った素敵な軍人さんだったのだ。

怒ると怖いけど、私には親切だった。

涼やかな目に、高い鼻。すらりと伸びた長い手足。

まるで役者のような軍人さん。

一瞬わからなかったけど、間違いない。

「君はもしや、学生に見事な啖呵を切っていた剣術小町？」

「啖呵……そうです」

剣術小町って呼ばれ方は照れ臭いけど、彼の中で女性が道着のまま歩いていたのが印象に残っていたのだろう。

しかし、あのときの啖呵をしっかり覚えていらっしゃったとは。

「あなたが、有坂隆清様？」

「じゃあ君が、高槻寧々さんか。驚いた。一瞬誰かわからなかった」

どくんどくんと、胸が高鳴る。

まさか、結婚の相手があの素敵な軍人さんだったなんて。

この人が、天才だけどちょっと変わっている大尉さん……。

「隆清様は、あのときどうしてうちの近くにいたのですか？」

「ああ、軍需工場建設候補地の視察でね。それより、俺の名前に様なんてつけなくていい。楽にしてくれ」

私は彼の凛々しい姿に見惚れ、ぽーっとなってしまった。

隆清さんの後ろから、続々と親族が集まってくる。

「あああ、信じられない！　嘘でしょ！　ねえお母さん、私この方に以前会ったことが……」

興奮して大声でまくしたてる私を、親族が怪訝そうな顔で見ている。

「静かになさい！　儀式が始まるのですよ！」

大きな声が響いて、みんながそちらを見た。

すると鬼のような顔をした斎主様と巫女さんがこっちをにらんでいた。

「誰が大声で騒いでいるのかと思えば、花嫁様ですか。あなたはもう子供ではないのですよ。落ち着きなさい」

「あ、はい。ごめんなさい」

親族からため息や押し殺した笑い声、「あの子大丈夫なの？」という陰口が聞こえてきた。

やだ……朝一番で、儀式が始まる前に怒られる花嫁なんて聞いたことがない。恥ずかしい。

普通、花嫁は黙ってうつむいているものだ。

わかってたんだけどなあ。興奮しちゃった。やっちゃったな。

綿帽子の中からちらっと見た隆清さんは、澄まし顔で明後日の方を見ていた。

「あれ……」

彼も驚いたって言っていたけど、全然そんなふうには見えない。

片岡さんに肘でつつかれ、隆清さんはこちらに向き直った。

緊張している両親に「はじめまして」と挨拶をする彼から、緊張感は感じられない。

むしろ、面倒くさい親戚の集まりに無理やり連れてこられた子供のような顔をしていた。

ああ、この人、「つまらない」って思ってる。なんとなく感じる。

再会できて気分が高揚したのは、私だけだったようだ。

彼は私にも、両親にも、自分の親族にも興味がないみたい。

話しかけられるまで誰にも声をかけず、ただ時が過ぎるのを待っているように見える。

そっか……。そうだよね。もともと、権力争いから逃れるための政略結婚だものね。

楽しみにしているわけはなかった。

自分より格下の娘をもらって、うれしいはずないのだ。

叩かれまくった紙風船みたいに、私の心は少しずつしぼんで皺が寄った。

この人なら、なんて思った自分がバカみたい。

「さて、列を作りますよ。主役のふたりは巫女のあとに。そして……」

神職の男の人がテキパキと仕切り、私と隆清さんは横に並ぶ。そのあとに親族がついてきた。

客殿を出て進むと、一般の参拝客がこちらに注目した。

「見て。あのお婿さん、素敵ねえ」

どこかからそんな声が聞こえてきた。

そうよね。どっから見たって、隆清さんは素敵よ。

でもさあ、普通結婚式の主役は花嫁でしょ。今日くらい、誰か私のことを綺麗だって褒めてよ。

なんだか泣きたくなってきた。

最初からやらかした自分が悪いけど、誰も彼も美男で天才と謳われる隆清さんに注目して、私なんてただの添え物だと思っている。

なによりも、彼が私に無関心なのが悲しい。

他の人だったらなんとも思わなかったかもしれない。

だけど彼は、私が初めて憧れた人だったのだ。

神殿に着くと、式は着々と進んでいく。

斎主様の挨拶ののち、修祓《しゅばつ》の儀で、紙がついた棒――たしか、大麻《おおぬさ》だっけ？――が綿帽子の上でカサカサ鳴る。

斎主様、穢れと一緒に、この身の不運も全部祓っちゃってください。

カサカサが終わって祝詞《のりと》奏上になると、もう眠くなってきた。

だって、昨夜はよく眠れなかったし、早起きしなくちゃならなかったし。

相手がどうでもいいと思っているのがわかったからか、私もうまくやらなきゃという切迫感がなくなった。

こちらばっかり気合を入れてるなんて、バカみたいじゃない。

私は祝詞を聞きながら夢の世界に旅立ってしまい、こっくりと首が折れて我に返った。

呆れ顔の斎主様は、もう叱ってもくれない。叱ってくれた頃が懐かしいよ。ついさっきだけど。

ここまでやらかしたら、もうなんでも来いだわ。

と思っていたら、大中小の盃が運ばれてきた。三献の儀だ。

これは夫婦の共同作業であるので、ちゃんと予習して覚えてきた。盃を交わす順番があるのだ。最初は新郎ね。

……と意気込むまでもなく、やらかし花嫁である私を心配したのか、巫女さんがいちいち小声でやり方を教えてくれた。

小盃を先に持つのは、隆清さんだ。

彼はなんの躊躇もせず、盃に口をつけ、こちらに渡す。

隆清さんが口をつけた盃……。

ごくりと喉を鳴らす。さすがにここは緊張するかも。

そっと口をつけ、彼に返した。

これで夫婦は契りを交わしたことになるのね。

中盃、大盃まで滞りなく儀式は進み、私はホッと息を吐いた。

お神酒を飲んだ私は、式の後半で巫女さんが舞を披露してくれる段になると、さっきよりも強烈な眠気に襲われた。

「大丈夫か？」

こっそり隆清さんが小さな声をかけてくれる。

「体が熱くて……。なんだかほわほわします」

「酔ったのかもしれないな。気にしないから寝ていろ」

「はあい……」

私はこてんと彼の肩に頭を預けた。

あーあ、せっかくの結婚式がこんなものだとはね。

いくら素敵な旦那様が隣にいてくれても意味がない。

だって彼はちっとも、私に興味がないんだもの。

どんなに無礼を働いても、風に揺られる柳のように、受け流すだけ。

いいわよ。最初の予定通り、そのうち離婚してやるんだから。

私はぼんやりと、巫女さんの舞を虚しく眺めていた。


神殿での式が終わると、私は両親にしこたま怒られた。

「いくら朝が早かったからって、結婚式で寝るやつがあるか！」

片岡さんは近くの宴会場へと、親族を誘導してくれている。

私と隆清さんはこれから客殿を借りて衣装を替え、宴会場へ向かう予定だ。

「すみません、大尉。申し訳ありません」

母が泣きそうな顔でぺこぺこと頭を下げているのを見て、申し訳なくなった。

「いいえ。昨夜は緊張して眠れなかったのでしょう。しかも彼女はお酒にめっぽう弱いようです。どうかお気になさらず」

隆清さんが私を援護してくれたおかげで、両親はなんとか落ち着いた。

「なんて心の広い方だ。寧々、大尉を大事にするんだぞ」

「そうよ！　誠心誠意お仕えしなさい！」

両親はぷりぷり怒りながら客殿を出ていった。先に宴会場へ行き、準備をするためだ。

「元気なご両親だな」

「母はあれで、病を持っているんです。安心させてあげなきゃいけなかったのに、怒らせちゃった」

今日は調子がいい母も、いつまた悪くなるかわからない。

お嫁に行くこの日くらいは、幸せな気分にさせてあげなきゃな……。

しゅんとする私の肩を、隆清さんがぽんぽんと叩いた。

「じゃあ、これからいい子にしていればいい。ほら、君の色打掛だ」

顔を上げると、隆清さんの後ろに着物を持った女性が立っていた。

そうだ、お色直ししなきゃ。

「すみません。なにからなにまで、ありがとうございます」

思えば最初に、きちんとお礼を言うべきだった。

もちろん両親は挨拶の際にお礼を述べていたけど、私もちゃんと頭を下げなきゃいけなかった。

これからはもっと落ち着いた人間になろう。

深く頭を下げると、隆清さんにまた肩を叩かれた。

「堅苦しくしなくていい。こっちこそ悪かったな。君も望まぬ結婚をさせられた被害者だ。楽にしてくれ」

「え……」

君も？　ということは……。

ずきりと胸が痛んだ。

この人は、ほんの少しも、私との結婚を喜んでいないんだ。

それどころか、自分を被害者だと思っている。

「花嫁様、時間がないので」

女性が割って入ってきたので、隆清さんは衝立の向こうに移動した。

私だって、被害者になんてなりたくなかったわよ。

悲しみを通り越して怒りを覚えた私は、着替えの間ずっと黙っていた。

「さっきから難しい顔をしているけど、気分が悪いのか？」

タクシーの後部座席に座った私の隣で彼が言う。

「大丈夫です」

こうなったら自棄よ。

豪奢な色打掛まで着せてもらえて、得しちゃったわ。離婚したあとで売ってやる。

彼は追及せず、まったく別のことを話しはじめる。

「さっきの参列者の数、見たか？」

「ざっと二十名くらいですかね」

客殿ではしゃいでいた朝が懐かしいよ。

あのとき集まっていたのが、そのくらいだったかな。

「あれはほぼ、叔父さんの家族と、その兄弟姉妹だ」

「はい」

「俺は祖父母を亡くし、ひとりで暮らしている」

それは前に片岡さんに聞いた。ご両親もいないと。

大きな家のわりに、参列する親戚が少ないのはそのせいだ。

うちも多い方じゃないから、ちょうどいいなと思った。

「だから宴会も、小規模で短時間だ。盛大にできなくてすまないな」

「いいえ……」

むしろ宴会が終わったら、実家に帰りたいくらいです。

とは言えなかった。

「君の両親はいいな。すごく君を大切にしてきたのがわかった」

「えっ？」

「俺の両親は、俺が小さいときに失踪してね」

うつむいていた私は、彼の顔を見上げて固まった。

失踪？　でも、片岡さんが亡くなったって……。

「外聞が悪いから死んだことにしているけど、違うんだ。まず母親が他の男と駆け落ちした。それを探してあちこち飛び回っていた父も、行方知れずになった」

なんてことだ。

私は言葉を失った。

自分の恋のために、夫や子供を捨てるなんて。

隆清さんのお母さんだけじゃない。お父さんだって、お母さんのことは諦め、隆清さんのそばにいる選択ができたはずなのに。

「だからっていうのは言い訳になるが、俺は少し変わっているみたいで……」

両親の失踪を、全然大したことではないように言う隆清さん。

その表情からは感情が読み取れない。

話はまだ続きそうだったけど、タクシーが宴会場の料理屋に着いてしまった。

「嫌だろうけど、お互い我慢しよう。この宴会の間だけでいい」

「……はい。いい子にしています」

ふたりともそこそこ愛想よくしていれば、うちの両親は安心するし、片岡さんも隆清さんの生活に口を挟むことがなくなる。

「うん。黙っていれば、君は完璧なかわいい花嫁さんだ」

隆清さんの言葉を、どうとっていいのかわからなかった。

喜ぶべきか、悲しむべきか。

宴会場に入ると、親族の拍手で迎えられた。

隆清さんは淡く微笑み、すすめられたお酒を飲む。私は申し訳程度に口をつけた。

花嫁は料理に手をつけちゃだめなのよね。

いつもは食べられない料理に喉が鳴るけど、ぐっと我慢。いい子でいるって、約束したもの。

「隆清、早く子供を作れよ」

片岡さんの兄弟……つまり、彼の叔父さんだろうか。でっぷりした男の人が、酒に酔い、赤い顔で隆清さんに絡んできた。

「はい。そうですね」

彼は酔っぱらいになにを言われても、笑顔寸前といった表情でさらりと受け流した。

そうして一通り親戚のお酌を受けた最後に、片岡さんがやってきた。

「寧々さん、今日はお疲れ様」

「あ、はい」

片岡さんは私の失態の一部始終を見ていたはずなのに、一言も責めたりしない。

「こういう形で出会ったのも、なにかの縁だ。ふたりとも、仲良くしてくれよ」

「はい」

また短い肯定で受け流す隆清さん。

片岡さんは彼から私に視線を移す。

「寧々さん。隆清は私の息子みたいなものだ。少し変わっているが、悪いやつではない」

いつもピンと真っ直ぐな片岡さんの眉毛が、少し下がっていた。

どうしたのかしら……この前は、隆清さんのことを褒めちぎっていたのに。今さら謙遜？　それとも、今日の方が本心？

「理解しづらいことも出てくるだろうが、どうか大らかな心で、包んでやってほしい。よろしくお願いいたします」

片岡さんがぺこりと頭を下げるから、私は恐縮してしまう。

「こちらこそ、至らぬ嫁で申し訳ありません。どうか、色々と教えてください」

「いやいや。わからないことがあればなんでも協力しますから、遠慮なくおっしゃってください」

私たちはぺこぺこと頭を下げ合った。

そのうち、私の両親もやってきて、「娘をよろしくお願いします」と頭を下げていた。

宴会が終わり、私と隆清さんは、彼の自宅へ向かった。宴会場から有坂家まで、タクシーで約三十分。

実家からだと、タクシーで一時間強かかるだろう。

もう私の家は、あの古い道場じゃない。

タクシーから降りた私は、あんぐりと口を開けて立ち尽くす。

目の前にそびえ建つ有坂邸は、西洋の物語に出てきそうな洋館だった。

灰色っぽい煉瓦造りの二階建てに、三角屋根。窓枠は白く、バルコニーが見えた。

建物を取り囲む庭には、バラが咲いている。

「まるで英国貴族のお屋敷のようですね」

「見かけ倒しだよ。西洋かぶれの父が作らせたんだが、設計した外国人に母を取られてしまった、いわくつきの家さ」

ひええ。この素敵な洋館に、そんな悲しい経緯があったとは。

建物の前に、使用人と思われる女性がふたり、立っていた。

母と同じくらいの年だろうか。気難しそうな顔で、髪は夜会巻き。窮屈そうな洋服は袖が膨らみ、スカートの裾は床につくくらい長い。

「はじめまして、奥様。私は相模《さがみ》と申します。こちらは和子《かずこ》です。よろしくお願いいたします」

彼女の後ろに控えていた若いメイドさんがぺこりと頭を下げた。和子さんというらしい。

和子さんは私と同い年くらいかな。洋服にエプロンをつけたメイド姿で、三つ編みを左右の肩に垂らしている。

「俺しか住んでいないものだから、使用人はふたりだけなんだ。わからないことはなんでも聞くといい」

「はい。寧々です。よろしくお願いいたします」

ぺこりとお辞儀をすると、家の中へ通された。

相模さんは無駄話をすることなく、つんとした表情で背筋を伸ばして歩く。

「うわあ、中もすごい……」

建物の中も洋風で、床はつるつるした石みたいな素材でできていて滑りそう。

天井にはシャンデリア。階段はらせん状になっている。

柱や階段の手すりなど、至る所に装飾が施されているけど、下品さは感じない。

あ、目がチカチカしてきた。

「花嫁はお疲れだ。楽な服に着替えさせておやり」

「はい、ご主人様」

隆清さんは私を相模さんに引き渡し、スタスタとどこかへ消えてしまった。

自分の部屋で着替えるのだろう。それにしても素っ気ない。

「では、奥様のお着物を……」

別室で相模さんは、私の実家から運ばれたと思われる荷物を探った。

荷物といってもそれほどなく、剣術の道具一式と、着物三枚と下着くらい。

たった三枚の風呂敷を広げ、相模さんは唸った。

「ありませんね」

「え？　ありますよ、その風呂敷の……」

「これは有坂家の奥様にふさわしくありません」

本当なら、嫁入り道具としてタンスや鏡台、新しい下着や着物などを用意するはずだけど、うちにはお金がなく、それもできなかった。

片岡さんにはちゃんと言ってあったし、別にいいかと思っていたんだけど。

「ふさわしくないって……」

「つぎがあててあるじゃないですか」

「そりゃあてるでしょ。そこ、擦り切れちゃったんだもの」

お金持ちがどうか知らないけど、貧乏人は江戸時代から変わらず、古い着物を直して着るのが当然。

「有坂家では、ご実家で使っていたお召し物は一切身につけないでくださいまし。こんなことだろうと思い、新しいものを用意していますので」

相模さんが手を打つと、どこからか洋服を持った和子さんが現れた。

「え〜、もったいない」

寝巻くらいはいいんじゃないかしら。

昔、オーストリアのお姫様がフランスに嫁いだとき、フランス領に入るところで故国のもの一切を脱ぎ捨て、フランス製のものに替えたなんて話を道場の門人から聞いた。

まさか自分が日本国内で同じ体験をしようとは。

うちの実家が有坂家と釣り合っていないのはわかるけど、なんとなく気分が悪い。

「それを着るのはいいんですけど、古いものは一応とっておいてくださいね」

「とっておいてどうするとおっしゃるのです」

相模さんは、私の古い着物を処分する気満々みたい。

だって、いつ離婚するかわからないもの。あげたもの全部置いていけって言われたら、困るじゃない。

「着物はまあいいでしょう。しかしこちらは、いつ使うのですか?」

くっきりと眉間に皺を寄せて相模さんが見たのは、私の剣道着と竹刀、防具一式だった。

「そりゃあ、鍛錬のときに」

「剣道の？」

「はい」

相模さんはこれ見よがしに大きなため息を吐き、額を押さえた。頭痛でもするのかしらん。

「奥様、有坂家で女性が武道など、絶対におやめください。奥様にはこの相模が、お茶とお花をお教えしますから」

「ええ～っ。私、じっとしてるの大嫌い！」

前みたいに出稽古をする気はないけど、ひとりで素振りするくらいは許してよ。

「奥様！　あなたはもう子供じゃないんですよ！　他にも勉強していただくことは山ほど……」

ガミガミと私を叱りつける相模さん。

色打掛のましょんぼりしていると、部屋のドアがノックされた。

「相模、入るぞ」

「ご主人様。どうぞ」

ドアを開けて入ってきたのは、隆清さんだった。

「廊下まで声が聞こえてきたが……」

「聞いてくださいご主人様。奥様ったら」

相模さんは私が有坂家の敷地で素振りをしようとしていることを告げ口した。

すると、隆清さんは「ははっ」と笑い声を漏らした。

「相模、寧々さんはそこらへんのお嬢さんとは少し違うからね。自由にさせておやり」

ん？　少し違うってどういうこと。いい意味かしら。

「ですが、奥様があまりお転婆では、有坂家の品位が問われます」

品位って……だったら最初から、ぐずぐず言わずに華族のお嬢様をもらいなさいっつーの。

相模さんはよほどの古株なのか、隆清さんに対しても遠慮がない。

「品位とは？　俺の母が不倫して家を出ていったのを忘れたか。今さら品位もなにもありはしないさ」

さらっと言い放つ隆清さんの言葉に傷ついたのか、相模さんはハンカチを出して目元を拭った。

「嘆かわしい」

「嘆くことはないさ。この奥方は君たちをいじめたりしない。それでいいじゃないか」

軽く相模さんの肩を叩き、隆清さんは私の方を向く。

「寧々さん、そういうことで、君は自由だ。やりたくないことはやらなくていい。やりたいことは、俺にいちいち許可を取る必要もない。勝手にしなさい」

「まあ。私が賭博や不倫をしていてもいいの？」

勝手にしろなんて、突き放した言い方しなくても。

せめて「好きにしろ」とかあるでしょ。

「はは。そうだな、法に触れそうなことだけは事前に相談してくれ。君が捕まったりしたら、相模が倒れてしまうから」

「ふうん……」

どうしましょう。落ち着いた頃にうんと怒らせるようなことをして離婚に持ち込むつもりだったけど、彼はちょっとやそっとじゃ怒らなさそう。

心が広いと言うよりも、そこまで私に関心がないのよね。

学生に対して怒ったときは鬼のように怖かったけど、今はまるで別人。

隆清さんが出ていったあと、私は洋服に着替えさせられた。
夕食は結婚祝いにと、鯛のお頭つきや赤飯など、豪華な料理が食卓に並んだ。
八人ほどが座れそうなテーブルに、私と隆清さんのふたりきり。
並ぶ和食と銀の燭台がミスマッチだけど、そんなことはどうでもいい。
朝からなにも食べられなかった私は、遠慮なくご馳走に箸を伸ばした。
「相模さんと和子さんは料理上手ですね！　これも、これも、全部おいしい！」
次々に料理を口に運んでいると、水を持ってきた相模さんが苦々しい顔をする。
ちょっとガツガツしすぎたかしら。
隆清さんがいるからか相模さんはなにも言わないけれど、意地汚いと思われていそう。
ああでも、こんなご馳走、生まれて初めてなんだもの。
食べる速度は落とせても、零れる笑顔は抑えられない。
「気に入ってもらえてよかった。食べられない物があれば、言っておくといい」
ふとご馳走から目線を上げると、隆清さんと目が合った。
彼は、目を細めてこちらを見ていた。出会ったときに一瞬だけ見た笑顔を思い出す。

胸のところで食べ物が詰まったような気がして、ぐいっと水を飲んだ。

「目の前でおいしそうに食べてもらえると、こちらも食欲が湧く」

隆清さんは美しい箸遣いで、鯛を食べる。すでにほぼ骨と頭としっぽだけになっていた。

お吸いものを飲むときも音がしないし、里芋も一発でつまめる。

お箸に育ちのよさが出てる……っていうか、色んな食材を食べ慣れている感じがする。

じーっと彼の食べ方を見ていると、相模さんがコホンと咳ばらいをした。

いけないいけない。お箸をくわえたまま相手を凝視するなんて、失礼よね。

「たいていなんでも食べられると思います」

嫌いな食べ物は今のところないけど、未経験のものはどうかわからない。

実家で出るのは質素な和食が主だった。

「それはよかった。遠慮せずたくさん食べるといい」

隆清さんがそう言ってくれるなら……もっとガツガツしちゃってもいいかしら。

ここにいる間は、お腹いっぱい食べさせてもらっちゃおうっと。

「はい！」

私は赤飯を何度もおかわりし、相模さんと和子さんは呆気に取られた顔をしていた。

ただ隆清さんだけが、遠慮しない私を見て、薄く笑っていた。


食事のあと入浴を終えた私は、まるで天にも昇る気持ちだった。

だって、この家、浴室があるんですもの。

相模さんに聞くと、有坂家では毎日お風呂に入るのが決まりなのだとか。

実家にはもちろん浴室などなく、銭湯通いだった。

稽古のあとで銭湯に寄れるときはいいけれど、そうでないときもある。

単純に節約のために清拭で済ませるときもあったし、冬でも冷たい水で髪を洗うこともあった。

「毎日温かいお風呂に入れるなんて、幸せよね。しかも自由にしていいって言われたら、離婚することないかも？」

自分に無関心な人と過ごすのは嫌だったので、そのうち離婚をしてさっさと実家に帰ろうと思っていた。しかし、コロッと気持ちが変わってしまった。

ふんふん鼻歌を歌いながら、相模さんが用意しておいてくれた着替えに手を伸ばす。

不思議な手触りのそれを広げ、私は絶句した。

「な、な、なにこれ」

置かれていたのは、ぺらぺらな洋風下着——たしかシュミーズだっけ——のみ。しかも持つと、手の肌色が透けて見える。なんて言う素材なのこれ。

「相模さーん。あのう、腰巻も寝巻もないんですけど」

腰巻は着物の下に穿く下着なので、なければ洋風のものでもなんでもいいんだけど、とにかくシュミーズだけじゃ話にならない。

相模さんは浴室の前に待機していたようで、さっと中に入ってきた。

「それでいいのでございます」

「えっ？」

冗談っぽさなど欠片も感じさせない顔で、相模さんは言う。

「今日は初夜ですから」

初夜って……初夜って……。

たしかに今夜は、私と隆清さんが正式な夫婦になって初めての夜だ。

「けど、これだけではちょっと」

私の作戦としては、同じ寝床に案内されても、体調不良を訴えてどこかに移動させてもらうか、即刻寝たふりをするつもりだった。

式のときに隆清さんが私に興味を持っていないと悟り、余計に安心していた。

彼はきっと、無理に共寝を強要しないだろう。

それにしたって、シュミーズ一枚じゃ心細い。

いくら丈が長めで、太ももまで隠れると言っても、下に乳バンドも腰巻もないんじゃ、大事なところが透けてしまう。

「恥ずかしいです。しかも風邪をひいてしまいますよう」

「なにをおっしゃっているのです。どうせ脱がされ、裸で寝ることになるのですから」

「いやいやいや、隆清さんがその気にならない可能性はじゅうぶん……」

手ぬぐいで体を隠した裸のままの私を、相模さんがぎろりとにらんだ。

「その気になっていただかなくては困ります。有坂家には跡継ぎが必要なのですから。そのための特製シュミーズです！」

「えええ～！」

やけに透けていると思ったら、これって相模さんが、隆清さんにその気になってもらうために特注したってこと？

この人……どういう顔でこれを職人に頼んだのか……。お金持ちはこれが普通なの？　いや、そんなわけない。

「無理ですこれは！」

「恥ずかしいのはわかります。寝室まではもちろん、羽織るものがありますので」

相模さんは私の手ぬぐいを引っ張って奪った。まるで達人のような素早い手つきで。

彼女はその細い体からは想像できないくらいの力で、シュミーズを私の頭にかぶせ、無理やり腕を通させた。

「ちょ、やだ、やめて！」

「あなたはここにお嫁に来たのですよね！　ならば早く跡継ぎをお作りなさいませ。お父様のためにも！」

相模さんの声に、私は脱力した。

「相模さん、知って……」

私がお嫁に来るのを条件に、父は新たな職を得た。

「片岡様から聞いております。嫁の務めを放棄するようでしたら、私が報告いたします」

さあっと自分の血の気が引いていく音が聞こえたような気がした。

「世間知らずなのは仕方がありません。知らないことは覚えればいいだけです。ただ、教わることを拒否した、そのときは……わかりますね」

できないことがあってもいい。できるようにしていくだけ。

しかし、できないのではなく、やる気がないのは許さない。そういう意味か。

家事も、社交に必要な一般常識も、共寝も。

花嫁教育を拒否したら、片岡さんに報告される。

「お父様の職がなくなるだけでなく、この結婚に有坂家が投じた金額を、返金してもらうことになります」

「そんな」

結納の品、挙式、宴会。

それだけでもいくらになったか……その借金を背負わされたら、一家で首を吊るしかなくなる。

「でも、でも、隆清さんが私を拒否した場合は？　私だけそのような条件では不利ではないですか」

「ご主人様は、離縁などなさいませんよ。なぜなら、新たに結婚相手をすすめられるのが面倒くさいからです」

私は言葉を失った。

彼は華族との結婚を嫌い、庶民の私を妻に迎えた。

私と離婚したら、その華族がまたしゃしゃり出てくるかも。そうでなくても、片岡さんが他の縁談を持ってくるだろう。

それらが面倒くさいという消極的な理由で、私は離縁されないというわけ。

ひどいものだ。私もひどいけど、隆清さんもひどい。

「努力の末に子宝に恵まれなかった場合は仕方ないでしょう。しかし片岡様は、できればご主人様の肉親を得たいとのお考えです」

「ひとりで寂しそうだから？」

「それもあります。また、ご主人様亡きあと、有坂家の財産で他の親戚が骨肉の争いを起こすのを避けるためです」

私の実家では起こり得ない問題、それが遺産問題。

隆清さんのご両親は行方不明のため、お祖父さんお祖母さんの遺産は、遺言によりすべて隆清さんが引き継いだという。

その際、当然叔父さん叔母さんたちから不満の声が漏れたのだとか。

今後隆清さんが亡くなったとき、子供がいなければ、遺産は私のものになる。

赤の他人が遺産を受け継ぐのを、親戚たちは黙っていないだろう。

身内同士で争いたくないという片岡さんの気持ちがわからなくはないけど、だからってそこまで甥の人生に口を出さなくても。

とにかく、今は従っておこう。両親のためだ。仕方ない。

「……わかりました」

結局、シュミーズの上に、相模さんが持ってきた洋風の上下一体型寝巻を着て、寝室に向かうことになった。

ゆったりとした洋風寝巻は珍しく、かわいらしかったけど、それに感動している余裕はもちろんなかった。

相模さんに付き添われて開けた寝室のドアが、重い音を立てた。

部屋の広さに圧倒され、余計に緊張が高まる。

ここだけで、うちの道場より広い。

絨毯が敷き詰められた床、なんて言う名の模様かもわからない壁紙、どっしりとした光沢があるカーテン。

欧州のお姫様の寝室を連想させる。もちろん、実際に見たことはないけど。

隆清さんは大きなベッドの脇にある揺り椅子に座り、本を読んでいた。

「遅かったな」

だって相模さんが、脱衣所で込み入った話をするから。

「へくちんっ」

返事の代わりにくしゃみが出た。

相模さんと言い合っているうちに、すっかり体が冷えてしまったみたいだ。

「大丈夫か。相模、彼女に無理をさせたんじゃないだろうな」

「いえ、私はなにも」

澄ました顔で首を横に振る相模さん。

隆清さんは小さくため息を吐いた。

食事の前にも洋服への着替えを強要したので、寝巻でもひと悶着あったのではないかと思ってくれたのだろう。

「さっき言ったことを覚えているな。ここは大奥じゃないんだ。決して夜通し聞き耳を立てたりするなよ」

「う……」

「わかったな。おやすみ」

反論を受ける前に、隆清さんは寝室のドアを閉めた。

聞き耳って……昔の大奥や古代中国の皇帝みたい。

将軍や皇帝とその奥方が閨でどのような会話や行動を繰り広げたか、じっと聞いて記録する役目があったって、お父さんがもらってきた古本に書いてあった。

そりゃあ将軍や皇帝は、たくさん子供をもうけてなんぼだったものね。

相模さんだって、いくら跡継ぎを望んでいると言っても、ドアの前で聞き耳を立てたりしないわよ。そう信じたい。

「さて、眠るとするか。君も疲れただろう」

そう言って彼が腰かけたベッドは、余裕でふたり一緒に眠れそうなくらいの大きさだ。

「え、ええと……」

私はドアの前から動けず、固まった。

結婚すれば、夫婦で共寝するのが自然だ。その先にあるのは、もちろん子作り。

近所のお姉さんも、従妹も、お嫁に行ったら旦那様に抱かれることが当然だと言っていた。

最初は痛いけど、慣れたら大丈夫だと。

「ん？　さっきまでの元気はどうした？」

「いえ……あの……」

覚悟はしてきたつもりだけど、やっぱり緊張する。

どうにかして逃げられないかしら。

あっ、そうだ。突然月のものが来たことにしたらいいのでは？

……だめだ。相模さんを呼ばれたら身体検査されてすぐにバレてしまう。

冷や汗か脂汗かわからないものが、顔から首筋を流れていく。

「……相模になにか言われたんだろう。それとも、ご両親か」

「え……」

「無理強いするつもりはない。おいで、体が冷えているんだろう？」

隆清さんは冷静な表情で手招きをした。決して自分から近づいてくることはしない。

私は彼を信用して、ゆっくりと、ベッドのそばまで歩いた。

「大丈夫だ。なにもしない」

彼は私の方を見て、穏やかに話す。

「俺は結婚する気はなかったんだ。だけど叔父さんが、嫌な縁談を遠ざけるためには君と結婚するといいと、強烈にすすめてくるから」

「はい、聞きました。華族のお嬢さんに想いを寄せられているとか」

「知っているのか。じゃあ話は早い」

隆清さんは硬い表情をほんの少し和らげた。安堵したようにも見えた。

「叔父さんは至極真っ当な人だ。だから結婚して子供を授かるのが当然のように考えている。だけど俺は、正直結婚という制度に魅力を感じない」

ひとりで呟くように話す彼の言葉に、どう相槌を打っていいかわからない。

彼はご両親のことがあって、結婚に懐疑的になっているのだろう。

「私も正直なことを言いますと、両親のためにここに来ました。貧乏すぎて、お母さんをお医者さんに診せることもできなくて」

「うん。知っている」

彼はさらっとうなずいた。

私はホッとしてため息を落とす。そういえば、タクシーの中で私を「望まぬ結婚をさせられた被害者」と言っていたっけ。

お互い結婚したくなかったのはわかっていたけど、ちゃんと話ができてよかった。

彼はきっと、私を無理やり手籠めにすることはないだろう。血の繋がった跡継ぎの誕生も、当然望んでいないのだから。

「しかしまさか君が、俺の花嫁だったとは。驚いたよ」

「私もです。軍人さんだとは聞いていたけど、あなただとは思いませんでした」

どうせ軍人さんと結婚するなら、相手があなただったらよかったのに。

一瞬でもそう考えたことは、内緒だ。

だって、私の片恋みたいで、悔しいじゃない。彼は私にも華族のお嬢さん同様に興味がないのだから。

「あのときは助けてくださり、ありがとうございました」

「気にするな。今後は危ない目に遭わないように注意してくれ」

人妻になったのだから、少しはおしとやかにしなくちゃ。

自由にしていいと言われていても、ケンカはやめないとね。「有坂家の嫁さんは乱暴者だ」って言われちゃう。

こくりとうなずくと、彼はうっすらと笑みをたたえて私を見返した。

「結婚相手が君でよかった。本当の夫婦になれなくても、楽しく過ごせそうだ」

「楽しく？」

「ああ。さっき食事をしただろ。とても楽しかった」

その微笑は、私の胸の鼓動を煽った。

式や宴会はあんなにつまらなさそうだったのに……。

たしかに、夕食の時間はちょっとだけ笑ってたっけ。

「いつもひとりでお食事してたんですか？」

「ああ、数年前に祖父母が亡くなってからはね」

彼は祖父母を亡くし、この家の主になった。

それから相模さんと和子さんと、たった三人で暮らしてきたという。

戦で彼がシベリアに出兵していた期間は、相模さんたちだけだったとか。

「こんなに大きなお屋敷に主がひとりきりって……それは寂しかったでしょうね。私だったら、気を病んじゃう」

実家の両親は、食事中におしゃべりするのが普通だった。いつでも対等に話ができた。夜は狭い部屋に三人並んで寝ていたものだ。

「いいや。慣れたらどうってことはないさ。楽しいこともないけど、すごく寂しくて泣きそうってほどでもない」

「そうですか……？」

そりゃあ、こんなに立派な大人の男性が、ご飯をひとりで食べる寂しさで泣くことはないだろうけど。

そもそも江戸時代まで、家長はひとりで食事をしていたらしいものね。

家族で食事をするようになったのは、明治になってからだって、死んだおばあちゃんが言っていた。

そう思えば、ひとりでも不自然ではない。

だけど私は生まれたときからみんなでご飯を食べていたので、想像しにくい。

「うちって、ものすごーく貧乏なんです。でも、寂しさを感じたことはなかったわ」

あの大きなテーブルでひとりで食事をするなんて、耐えられない。

どんなご馳走が出ても、味気なく感じそう。

「いい家で育ったんだな」

彼は目を細めた。

皮肉を言っているようには見えなかったので、こくんとうなずいた。

「安心してください。これからは、私がいますからね。嫌でも賑やかになりますよ」

「はは。期待しているよ」

隆清さんがさらに顔をほころばせた。

彼が笑うと、まるで花のつぼみが開いた瞬間を見たようにうれしくなる。

「さあ、そろそろ夜も更けてきた。心配はないから、ゆっくりおやすみ」

「同じベッドでないとだめですか？」

こんなに広いお屋敷だもの。

彼の書斎も個人的な部屋も別にあるらしい。

きっとお客様を泊めるための部屋とか、ご両親やお祖父さんお祖母さんが使っていたベッドも残っているだろう。それらを使わせてもらえないかな。

いくらなにもしないと言われていても、やはり男の人と一緒に寝るのは緊張する。

期待を込めて見つめると、彼は苦笑を零した。

「別の部屋で寝ているところを見つかると、相模が騒ぎ立てるだろう。我慢してくれ」

ああ、たしかに。さっき脅しを受けたばかりだった。

病気のお母さんのためにも、お父さんの収入を安定させなきゃ。

そのためには、片岡さんに不審に思われる行動は避けなくてはならない。

彼としても、片岡さんを安心させたいのだろう。これ以上干渉されないために。

「その代わり、俺はそっちのソファで寝るから」

「えっ？」

隆清さんが立ち上がって指さした窓際には、四人くらい余裕で座れそうなソファが。

でも、窓際は寒いし、いくら大きくてもソファはソファ。

長身の隆清さんには、少しつらいのでは。

「私がそっちにしますよ。うち、敷布団もなかったんです。ソファでも極楽です」

まだ庶民の間では、布団が普及して間もない。

貧乏だと、掛布団だけという家もざらだ。それもせんべいのように薄いもの。

「じゃあ、一日交代にしよう。明日は君があっちでいいだろう」

「でも」

「相模が掃除に入ったとき、ベッドに君の痕跡が少しもないと、怪しまれるからね」

痕跡とは……髪の毛とか、そういうことかしら。

まさか、毎朝匂いを嗅いだりしないわよね？

だとしたら恐怖だわ。想像するのやめよう。

「では……お、お邪魔します」

私はそろりそろりと、ベッドに横になった。

彼が蝋燭を消し、私に布団をかけてくれた。

肩に隆清さんの手が触れ、びくりと震えてしまう。

「……おやすみ」

彼は低い声で言うと、私の頭を軽く撫でた。

身を固くしていると、隆清さんが離れていく足音が聞こえた。
本当に、なにもする気がないみたい。
世間には、愛情がなくてもそういうことができちゃう人だっている。
しかし彼はそんな人ではなかった。
安心して脱力すると、嘘のように強烈な睡魔が襲ってきた。
朝から色々ありすぎて疲れたんだわ。
瞼を閉じて数秒も経たないうちに、私は夢の世界に旅立っていた。

偽装、からの

「奥様！　なにをしていらっしゃるのです！」

なにもしなかった初夜の翌日、よく眠れて気分が晴れたので、庭で素振りをしていたら相模さんに怒られた。

「なにって、剣道の鍛錬です。旦那様はいいとおっしゃったわ」

「まあ……」

髪を高い位置でくくり、道着姿になった私に、相模さんは遠慮なく眉を顰めた。

「楽しそうだ。俺もやろうかな」

家の方から声が聞こえて振り向くと、軍服姿の隆清さんが。

まあ……改めて見ると、やっぱり素敵。

特にブーツが、彼の足の長さを際立たせている。

近づいてきた隆清さんに、相模さんが頭を下げた。

「ご主人様、奥様はピンピンしておいでのようですが」

ぎろりと光る眼でにらまれた隆清さんは、臆することなく美しき笑みを浮かべる。

「ああ。寧々さんはとても体力と素質があるようだね。俺としても驚いている」

視線を向けられ、私は気づいた。

そうか、実際に初夜を終えた花嫁なら、早朝から素振りなんてできないわよね。

だって、近所の奥さんたちが、初めは痛いって言ってたもの。翌日起き上がれない人もいるんだっけ。

「へ、へへ……隆清さんがお優しかったから……」

失敗した。わざわざ相模さんの疑惑を買ってしまった。

苦し紛れに笑ってごまかそうとする私の方に歩いてきた彼は、肩が触れ合うほど近くに立った。

「いい夜だった。俺は寧々さんを大変気に入った」

「た、隆清さん」

彼は相模さんに見せつけるように、さらっと私の肩を抱く。

おでこに口づけられ、心臓を爆破されたかのような衝撃を受けた。

「今日は仕事だから、行ってくる。寂しいだろうけど、いい子で待っているんだよ」

「あ、あ……」

思考停止した私は、壊れたからくり人形のようにギクシャクうなずくしかできなかった。
だって、昨日までこんな演技をするような人だと思わなかったんだもの。
顔も綺麗だし、役者になればいいのに。絶対向いてるわ。
「俺は今から朝食を食べるけど、君はどうする？」
「あっ、じゃあ私も！」
我に返った私は、竹刀を置き、家の中に入っていく隆清さんについていった。
彼と一緒にいれば、相模さんに責められるのも最小限で済む。
それに、彼は私と一緒の食卓を「楽しい」って言ってくれたんだもの。
まずは一緒にご飯を食べることが、私にできる「妻の務め」だ。
道着で食卓についた私を、和子さんがギョッとした顔で見ていた。
隆清さんはやはり、笑いを堪えるような顔をしていた。

隆清さんが出かけてから、私は相模さんに有坂家のあれこれを教えてもらった。
屋敷のどこになにがあるか、私は妻としてなにをすればいいのか。
実家のように、洗濯や掃除などという家事は私には割り当てられなかった。
とにかく、一に子作り、二に子作り。

あとは来客の対応、ご近所付き合いなど。

「女学校に行っておられなかったのですか」

最低限の読み書きはできるけれど、それ以外はちゃんと勉強したことがないと正直に伝えると、相模さんは落胆したような表情を見せた。

「行けなかったのよ。あれってお金持ちのためのものじゃない」

彼女が主人の妻に求める教養や品性を、私は持ち合わせていない。

この人も、もっと素敵なお嬢さんに仕えたかったのだろうなあ……と考えると、申し訳ない気持ちになる。

「私もできれば行きたかったんだけどね。でもご近所の奥さんの話をよく聞いてたから、色んな情報は知ってるわよ」

だから、初夜は大変ってことも知ってたんだし。

出稽古であちこち回ってたから、世間でなにが起きているか、一応は知っているつもり。

「そうですか。では今日から毎朝新聞をお読みください。本もです」

「ひいっ」

細かい字、嫌い。でも怒られそうなので黙っておく。

「それが済んだら、今日は立ち居振る舞いのお稽古をいたしましょう」

「はい……」

「まず、立ち方がなっていません」

私は立つ、座るなどの貴婦人の基本姿勢なるものから叩き込まれた。

と言っても、実家の天然一刀流独自の姿勢で身についてしまった猫背を治すのは一苦労で、何度も平手で背中を叩かれた。

そのあとは、言葉遣い。敬語を間違えるたび、ため息を吐かれた。

こうして私は一日中、相模さんにビシバシ鍛えられたのだった。


そんな生活がひと月続いた頃。

最初は落ち着かなかったネグリジェにも慣れてきた。隆清さんが相模さんに言ってくれたので、下着もつけられるようになった。

「外に出てもいいですかっ？」

朝起きて一番にそう詰め寄ったネグリジェのままの私に、隆清さんは眠そうな目で返事をした。

今日は彼の非番の日。一緒に外出したい。

相模さんは彼が一緒なら、あまり厳しいことは言わない。言われても、隆清さんはなんだかんだ私を庇ってくれる。

「……別に、俺がいない間だって好きに出かけていいんだが」

「だって、相模さんたら厳しいんだもの。毎日難しい課題を出して、それをこなさないと自由時間をくれないのよ」

初日、言葉遣いの訓練が終わったと思ったら、「今時の夫人は洋裁もできなければ」と、体中の採寸の仕方からみっちり仕込まれた。

その次の日からも、和裁の勉強だとか、漢文の読み方とか、ありとあらゆる知識を詰め込もうとする相模さん。

なんとか許してもらえる頃には、いつも夕方になっているのだ。

私はすっかり意気消沈していた。というか、好き勝手に動き回りたいという欲求を抑圧され、爆発しそうになっている。

「すっかり友達のような話し方だな」

隆清さんはベッドから降り、寝巻のまま首の後ろをかいた。

彼の寝巻は洋風のものではなく、昔ながらの浴衣。はだけた襟から、胸が見えている。

男らしい鎖骨や胸筋の線に、今さらながらドキリと胸が高鳴った。

「い、いけなかったでしょうか」

「いやいいよ。俺たちは夫婦だものな」

あくびをして、彼はこちらを見た。

一瞬ご機嫌を損ねてしまったかと心配したけど、隆清さんは平気な顔をしている。よかった。

「今日は一緒に出かけよう。ご近所に挨拶に行かなくては」

「ええ～、今さら……」

「外に出たいんじゃなかったのか」

不満を声に出してしまった私に、彼は首を傾げる。

せっかく外に出られると思ったら、挨拶回りかあ。

下手なことできないし、緊張するなあ。

しかもお嫁に来て一か月も経っているし。もっと早くに挨拶に行くべきじゃなかったのかしら。

あ……もしや、そのために相模さんが正しい立ち姿や言葉遣いを教えてくれていたの？

華族のお嬢さんと同じくらいの立ち居振る舞いができないうちは、挨拶にも行かせられないっていう意味だったのかも。

勝手に納得してムッとした私に、彼はベッドから降りて言った。

「なに、一日かかるわけじゃない。この辺りをさらっと回るだけだから」

「はい」

「終わったら、いいところに連れていってあげよう」

「えっ！」

萎れていた私がいきなり顔を上げたので、隆清さんは一瞬目を丸くし、すぐにくすりと笑った。

いいところって、どこかしら？

「さあ、まずは腹ごしらえだ。今日も完璧な夫婦を演じようじゃないか」

彼は寝巻の帯を緩める。私は慌てて、衝立の陰に隠れた。

朝食のあと、私はこれでもかと着飾った。

「いいですか。有坂家の嫁として恥ずかしくないよう、余計なことは言わないように。奥様は黙っていれば可憐ですよ」

着飾ったというより、着せ替えられた。人形の気分だ。

和子さんは相模さんの毒舌に同意はしないものの、頬を膨らませ、懸命に笑いを堪えているように見える。

黙っていれば、は余計よ。

纏ったのは、からし色の膝丈のワンピース。腰には細いベルトをされ、手には白い手袋。

髪は流行の耳隠し。ウェーブをつけた横髪で耳を隠し、後ろ髪と一緒にまとめる。

耳にはイヤリングをし、頭にはリボンがついた帽子。皮でできた小さなカバンに、洋傘。足元は革靴。

言われるますべてを身につけた私は、おそるおそる姿見の前に立った。

鏡の中には、品のいいお嬢さんの姿が。

「うわ、誰これ」

鏡に摑みかかったのは、私だった。私も初めて見る私だ。

濃い赤の口紅が、椿の花びらみたいに白い肌に浮いて見える。

「奥様、足がほっそりしていて羨ましいです」

和子さんが鏡越しに微笑んでいた。

こんなに足を出したのは初めてなので、なんだかスースーして落ち着かない。

ワンピースの裾は、すとんとしておらず、ふんわり広がっていた。

「ご主人様が奥様のために特別にあつらえたお洋服です。よくお似合いですよ」

「えっ、隆清さんが？」

「奥様はお洋服に詳しくないからと、ご主人様が」

相模さんの話をよく聞くと、隆清さんは挨拶回りの日のために、わざわざこの洋服と小物一式を注文してくれたらしい。

また片岡さんが例のお節介を発動し、「寧々さんの若さを強調しつつ、落ち着いて見える服装にしてあげなさい」と、隆清さんに助言したとか。

だからひと月もかかったのね。

被害妄想が消えて、胸がすっと軽くなった。

「着物の方が落ち着いて見えるのではと申し上げたのですが、ご主人様は洋服で着飾った奥様を見てみたいと申されまして」

嘘。あの隆清さんが本当にそんなことを言ったの？　もしや、それも全部演技？

と言うか、いつふたりでそんな話をしていたんだろう。

「って、待って。いつ採寸したっけ？」

「ここに来た次の日に、洋裁の基本としてご自分の体の寸法を知るべきだと申し上げました」

そういえば、新妻教育一日目に、そんなことをやったような。

あの日はとにかく詰め込めるだけ詰め込んだつもりだった。でも結局忘れちゃってるじゃん。

やっぱり、人間って興味がないことは覚えられないのよ……。

それはともかく、ふたりで協力して作ってくれた洋服は私にぴったりだった。

髪型や口紅は少し背伸びをした感があるけど、新妻の挨拶回りとしては、ちょうどいいだろう。

素顔でいると、幼く見えてしまうものね。

「寧々さん、そろそろいいかな」

「どうぞ、ご主人様」

部屋のドアがノックされ、私の代わりに相模さんが答えた。

「ど、どうでしょう?」

自分でも見慣れない自分を他人の目にさらすのは、勇気がいる。

なにもかもが初めてで、似合っているかどうかも自分ではわからない。

お嫁に来るまで道着と古い着物しか着ていなかった私は、彼の目に滑稽に映っていないだろうか。

緊張し、人形のように両手を広げて突っ立っていると、彼は今まで見たこともないくらい、にっこりと笑った。

「とても似合っている。かわいいよ」

その場にいる女性三人が、目を押さえてのけぞるくらい、眩しい笑顔。

どくどくと脈打つ心臓を落ち着かせようと、深呼吸する。

そうよ、騙されちゃだめ。この人は役者なんだから。

役者っていうか、詐欺師に近いような気がする……。

「あ、あ、ありがとう。これ、隆清さんが作ってくれたんでしょう？」

洋服の職人はまだ数が少なく、値段も高価だ。

白無垢は有坂家代々の品だったからまだしも、私のためにこれだけのものをそろえるのは大変だっただろう。

「ああ。最初はグレーの生地をすすめられたんだが、こっちにしてよかった。明るく元気な君の印象にぴったりだ」

「グレーって？」

「鼠色。どんより曇った空の色。それよりも、絶対にこっちがいいと思った」

隆清さんは満足そうに、私の周りを回って全身を凝視してくる。

「靴はどう？　痛くないか？」

「え、ええ。ぴったりです」

「そうか、よかった。相模は採寸の手練れだな」

褒められた相模さんは、誇らしげに胸を張る。

「さて、行こうか」

隆清さんは、いつもの軍服を着ていた。彼にとってはこれが正装なのだ。

私たちはご近所に配る手ぬぐいとお饅頭を持ち、並んで屋敷を出た。

「それにしても化けたものだな」

相模さんたちから離れた途端、彼はそう言った。

「あのう隆清さん。あんまり過剰な演技はしなくてもいいと思うんですけど」

「うん？」

「だから……。かわいいって言ったり、肩を抱いたり、おでこに口づけとか……」

そのたびに心臓を爆撃されている気がして、寿命が縮みそう。これからも甘ったるい演技を続けられたら、身がもたない。

仲が悪いと思われちゃだめだけど、もう少し自然にしていてもいいんじゃないかな。

「全部が演技なわけじゃない」

彼がぼそっと呟き、立ち止まる。

日傘を翻して見た彼の顔は、ちっとも笑っていなかった。

「出会ったときにも言ったはずだ。かわいいって」

彼は真っ直ぐに私を見ている。

そうだっけ。慌てて記憶を探ると、あの日のことが鮮明に思い出された。

たしかに言われた。かわいいって。

「俺は道着の君も、素直にかわいいと思ったから、そう言ったんだ」

「え、あ、あの」

「それは嘘じゃない。俺はそれほど器用じゃない」

言葉を切った彼は、スタスタと私を置いて先に歩いていってしまう。

どうしよう。疑ったりしたから、気分を悪くしちゃったかしら。

「待って」

私は革靴の底を鳴らし、背筋を伸ばした彼のあとを追いかけた。

挨拶回りは、なんの問題もなく終了した。

近隣は中流家庭の民家が多く、クセが強そうな住人もおらず、皆「まあ、おめでとうございます。よろしくお願いいたします」という感じでさらっと終わった。

意地悪ばあさんとかがいて、やたらと絡まれたらどうしようと思っていたけど、そんな心配は無用だった。

私は隆清さんの後ろでニコニコし、最低限の挨拶を交わすだけで役目を終えた。

「さて……このあと、どこかいいところに連れていってくれるんですよね？」

出稽古で行商人くらいの距離を歩いていた私にとっては、近所の何軒かを回ったくらいどうってことない。

少しだけ気疲れはしたけど、もう終わったことだ。失敗しなかったし、平気平気。

期待を込めて見上げると、隆清さんは口の片端をつり上げた。すっかり機嫌は直っているようだ。

「ああ。行先は内緒だけど」

彼はくるりと後ろを向く。

つられてそちらを見ると、一台の車が停まっていた。

私たちのあとをつけていたのであろう車は、隆清さんが頼んでおいたタクシーだった。

軍服姿の隆清さんと洋服姿の私は、並んで後部座席に乗り込む。

車って、人同士の距離が近いのよね。

隣に座る隆清さんと、どうしても腕が触れてしまう。

結婚式の日、宴会の帰りもこうしてタクシーに乗ったはずなのに。

どうして今はこんなに緊張してしまうんだろう。

近すぎて、彼の方を見られず、私は窓の外の景色ばかり見ていた。

一時間後、到着した場所のあまりに見慣れた光景に、私はあんぐりと口を開けた。

「実家！」

思わず大きな声が出た。

そう、たどり着いたのはついこの前別れを告げたばかりの実家だったのだ。

普通、お嫁に行った女性は、頻繁に実家に帰ったりしない。帰ることを渋る義両親や、旦那様が多いと聞く。

「いいところだろう。俺は一度も来たことがないから、しっかり見ておこうと思って」

「ええ……」

私にとってはいい実家だけど、彼にとってはどうだろう。

一時間もタクシーに乗って、腰を痛くしてまで来るようなところじゃないって思われるに違いない。

不安な気持ちのまま、まだ道場の看板がかかっている門をくぐった。

隆清さんの屋敷とは比較にならない狭さの敷地、草ぼうぼうの庭、土壁があちこち落ちている道場。

道場を除く居住空間は、ネコの額くらいの面積しかない。

「ああっ、ようこそお越しくださいました大尉！」

玄関で待機していたのであろう父は、ピンと背筋を伸ばして敬礼した。

「お義父さん。僕はあなたの息子ですから、そんなにかしこまらなくても」

「そ、そうですか。いや、あの、ど、どうぞ中へ」

わかる、わかるよお父さんがギクシャクしちゃう気持ち。

結婚式のときの紋付袴も神々しいくらいだったけど、軍服姿の隆清さんは、また格別に男前よね。

人間の価値は財産では決まらない。しかし、第一印象はやはり身だしなみだ。

このビシッとした男前に比べると、つぎをあてた古い着物でいる自分を情けなく感じてしまっても仕方ない。

「お父さん、元気？」

私も若い娘らしく、貧乏な実家を少し恥じる気持ちはある。正直見られたくない。でも、父は悪いことなどなにもしていない。私が胸を張っていなくてどうする。余計情けなく感じてしまうじゃない。

「おいおい、どこのお姫様かと思ったよ。綺麗だなあ、寧々」

隆清さんの陰から元気よく飛び出した私の顔を見て、緊張していた父の相好が崩れた。

「ツネ、ツネ。寧々と大尉がいらっしゃったぞー！」

廊下……と言ってもそこまで長さのない通路を通り、父はなぜか私たちを道場へ招く。

「まあ寧々。馬子にも衣装ね。綺麗よ」

道場の入り口にいた母は、それだけ言うと、隆清さんに深く頭を下げた。

「大尉、このたびは誠にありがとうございます」

「本当に、何度お礼を言っても足りません」

お母さんの横に父が立ち、ふたりで深々と頭を下げ直す。

お礼？　ああ、娘の私をもらってくれたお礼かしら。それとも、父の職場を紹介してくれたことに対するお礼かな。

「いいえ、大したことはなにも。頭をお上げください」

「そうよお。私たち、これでも利害が一致して……」

開け放たれた道場の中を見た私は、絶句した。

なんと、この前贈られた結納の品と同じくらいの数の荷物が、道場の隅に運び込まれていた。

中央には座布団とお膳が四人分置かれ、ご馳走が並んでいる。

「どうしたの、これ」

「どうしたって、大尉が用意してくださったんじゃないか。入りきらないから、道場に置かせてもらったんだ」

「ええっ？」

父は隅に積んであった行李を開け、中から着物を取り出す。

その横には、真新しい布団が畳んで積まれていた。

「ツネの体のためにな、新しい布団やら、温かい着物やら、たくさんくださったんだよ」

父の目じりに、涙が滲んでいるように見えた。

私は隆清さんの澄ました横顔を見上げる。

「隆清さん……」

まさか、うちの両親のためにこんなに心を尽くしてくれるなんて。

演技にしてはやりすぎなくらいだ。

「素晴らしいお嬢さんをいただいたお礼です。どうかお気になさらず」

彼はにっこりと笑い、私の肩を抱いた。

「だめよ。私、こんなに素晴らしくない」

これほどのことをしてもらえるほど、私はいい人間じゃない。

相模さんには怒られてばかり、学校に行ってもおらず、身の飾り方も知らないのに。

「そんなことない。君が来てくれて、幽霊屋敷だったうちが、本当に明るくなったんだ」

そう言って微笑む彼の方こそ、どうしようもなかったうちを照らしてくれる光のよう。

本当にそう思ってくれていたら、うれしいんだけどな……。

「さあさあ座ってください。と言っても、このお料理も、大尉が届けてくれたものだけど」

「まあ、お料理まで」

仕出し屋に注文し、届けさせてくれたのだろう。

「お義母さんに余計な仕事をさせるわけにはいきませんから」

「なんてお優しい。あなた、聞いた？」

父はなにも聞こえなかったふりをし、一番にお膳の前に座った。

私たちも座り、和やかな食事会が始まった。

料理はとてもおいしく、挨拶回りでお腹ペコペコだった私は、会話よりも食事に夢中になる。

「新しいお仕事はいつからですか？」

「来月頭からです」

両親と隆清さんが当たり障りのない会話をしているのを、食べながら見ていた。

ちょっと前まで、長州だ、旧幕臣だなんて言ってたのが嘘みたい。

父も母も、隆清さんの気遣いに感動し、そんな考えなんて最初からなかったかのように振る舞っている。

いや、感謝が偏見を上回ったのだろう。両親は演技ができるほど器用じゃない。

「そうそう、これからの住まいのことですが」

「はい」

「この道場がいらなくなったならば撤去し、屋敷ごと建て替えてはどうでしょう。もちろん費用は僕が出します」

「えっ！」

いきなりすごい話題を切り出した隆清さん。さすがの私も箸を置く。

「ちょっと隆清さん、そんなのいいですよ」

「でも、お義母さんのためにもっといい環境にしないと。もちろん、おふたりが嫌がるなら無理にはしない。でも、屋根と壁だけは直させてもらいたい」

彼は隙間風ビュービューのこの家のことが気になっているみたい。

そりゃあね、寒いときは本当に寒いわよ。夏は虫が入ってくるし、雨漏りはするし。

母のためには、ちゃんと修理して冬も暖かい家にしなくちゃいけない。

それはわかっているけど、そこまで彼に頼り切っていいものだろうか。

「ううむ……」

父は腕組みをして唸っている。

ひいお祖父さんの代からある道場を、潰していいものかどうか迷っているのだろう。

もう使わないとしても、跡形もなくなってしまうのは、やっぱり抵抗があるよね。

「ねえ、即答しなくてもいいでしょ？　ちょっと考えてからにしたら？」

「そうですね。お返事はいつでもいいので」

言いかけた彼の言葉を遮るように、父はガバッと頭を下げた。

「お願いします。ツネのために、ツネが暮らしやすい家に建て替えていただけますか」

「あ、あなた」

母が目を白黒させて父の腕を掴む。

「厚かましくてすみません」

ちくりと胸が痛んだ。

父はきっと、自分でこの家を建て替えたかったのだろう。

でも、新しい仕事はまだ始まらず、蓄えもない父には、現実的に無理だ。

「仕事が順調にいったら、いつかお返しします」

「……わかりました。そういうことにしましょう」

隆清さんは静かにうなずいた。

多分、父の自尊心を傷つけないためだろう。

母も父の隣で一緒に頭を下げた。

「お父さん、本当にいいの？」

お金のこともだけど、道場を潰しちゃって本当にいいのかな。

心配する私をよそに、父は顔を上げて笑った。

「ツネより大事なものはありゃしないさ」

なんだか憑き物が落ちたみたいに、スッキリサッパリした顔。

「お父さん、格好いい……！」

父が母のことを好きなのはずっと知っていたけど、それを人前でハッキリ口に出せるなんて。まるで外国の人みたい。

「よせやい、照れるぜ」

照れ隠しにおどけた父がかわいくて、みんなで笑った。

母の目に、涙が浮かんでいる気がした。

ちらと隆清さんの横顔を盗み見る。

すごいな、この人。

ご両親とは縁の薄い人生だったみたいだけど、きっとお祖父さんお祖母さんには大事にされていたんだろう。

だから、ちゃんと周りの人を大事にできる。

お互いの祖父母が生きていたら、この縁談は最初からなかったかもしれない。

幕末まで、両家は思いっ切り敵対する立場だったものね。

私は時代の流れに感謝し、おいしい料理を平らげた。


実家に別れを告げ、私は小さくため息をついた。

「どうした？　寂しいのか？」

「いいえ、またタクシーに一時間乗ると思うと……」

両親とは「またね」と言って笑って別れた。

結婚式のときの不安な気持ちはなくなり、お互いの暮らし向きがよくなったことを喜んでいた。

だから、寂しいという感覚はない。きっとまたすぐに会えるから。

私はただ、タクシーでの移動が不安なのだ。

屋敷まで一時間、隆清さんのすぐ隣に座っているのが、つらい。緊張して肩がこってしまう。おまけに途中の悪路でガタガタ揺られ、お尻や腰も痛くなる。

「あ、言ってなかったな。帰りはそれほど長くはないよ」

「え？」

実家を離れ、街——と言っても、それほど開けてはいない——の方へ歩いているので、てっきりそこからタクシーに乗って帰るのだと思っていた。

大通りに出ると、昼下がりの眠たげな眼の人々がゆっくり往来していた。

それほど長くないって、どういう意味かしら。

この辺りから歩いて行ける距離に鉄道の駅はないし、人力車はあるけれど、絶対にタクシーの方が早いし。

どうするのだろうと見守る私の横で、彼はさっさと停まっていたタクシーに声をかけた。

行きと同じタクシーだ。一日貸し切りにしていたのだろう。

同じ運転手さんが、座席のドアを開けて私たちを出迎えた。

「なあんだ、やっぱりタクシーじゃない」

行きよりは帰りの方が道が空いてるって意味だったのかな。

ま、これが結局一番早いのよね。

隆清さんの手を借りてタクシーに乗り込んだ私に、彼は口の片端を上げて応えた。

「同じタクシーでも、乗る時間は行きの半分だ」

「ん？　どういうこと？」

「今日は屋敷に帰らないつもりだ。ちょうど式を挙げた神宮の近くに温泉があるんだ。そこに泊まっていこう」

「ええっ」

ちょっと待ってよ。泊まりって。

戸惑う私をよそに、タクシーが発進する。

「嘘でしょ、ねえ」

「今日は疲れただろう。温泉で癒されてから帰ろう」

彼は淡々とそんなことを言うが、私は焦る。

「だって、なにも用意してないわ」

「旅館で一式貸してくれるよ」

「まあ」

旅館って、手ぬぐいや浴衣も貸してくれるものなの？

悲しいかな、旅行というものをしたことがない私には想像もつかない。

旅行というものは、富裕層の一部しかできないものだ。

余暇を贅沢して楽しむなんて、一般の家庭にはできない。

「たった一泊だ。明日も非番だから」

「隆清さんも疲れているの？」

「まあね。軍隊っていうのは堅苦しいところだから」

今日はさほど疲れていないけど、日常の疲れが溜まっているということか。

軍人の勤務時間は、ほぼ訓練に費やされているという。

隆清さんは大尉、つまり指揮をとる側なので、そこまで体力を使うわけではない。

しかし、厳しい規律や上下関係の中で、心身ともに擦り減るのは容易に想像できる。

「じゃあ……今晩はゆっくりしましょうか」

彼が疲れているのなら、癒してあげるのが妻の役目よね。

私自身はなにもできないけど、一緒に温泉に行くくらいはできる。

それに、私も疲れ切っているのだ。

連日の新妻修業は、確実に私の体力と精神力をごりごり削っていた。

今日は修業から解放されるのね……！

のびのびと、ありのままの自分で一晩過ごせるのだ。

すけすけシュミーズを強要されることもなく、普通の浴衣で眠れる。

相模さんの顔色をうかがうこともしなくていい。

そう考えると、だんだん楽しくなってきた。

承諾した私に、彼は微笑みうなずいた。


三十分後。

式を挙げた神宮の裏山の奥に、その温泉宿はあった。

「わあ。ここで宴会すればよかったですね」

「あの日はあいにく満室で、予約が入れられなかったんだ」

「人気のお宿なんですねえ」

それもそのはず、建物はどっしりした重厚感ある木造建築。

白い壁、ずらりと並んだ瓦。

まず私たちを迎えたのは、建物にたどり着くまでの池泉庭園だった。

大きな池の中央にかかる石橋。周りにはよく手入れされた木々が植わっている。その向こうに四阿が見えた。

隆清さんのお屋敷もすごいけど、ここはまたすごい。

「いらっしゃいませ。お待ちしておりました」

宿の玄関をくぐると、女将さんらしき人が出迎えてくれた。

隆清さんが予約をしておいてくれたらしく、私たちはすぐ客室に案内された。

「どうぞ、ごゆっくり」

「わああ……」

通された客室は、実家の道場くらいの広さがあった。

広い部屋は有坂家で見慣れたけど、和室となるとまた趣が違う。

十畳くらいの部屋が二間あり、襖で仕切れるようになっている。奥の間に布団が二枚敷かれていた。

窓からは美しい庭園が見渡せる。

まるで、お殿様の居室みたい。

「近場にこんないいところがあったとはな」

隆清さんは軍帽をとり、襟を寛げた。

「もしかして、隆清さんも初めて来たんですか？」

「ああ。わざわざ家を離れて一泊しようなんて、考えたこともなかった」

たしかに、たったひとりで温泉宿に泊まる人って、作家さんくらいしかいないかも。

作家さんはひとりで宿泊して、物書きをする印象がある。勝手な印象だけど。

「さて、早速風呂に入ろうか」

「賛成！」

せっかくだから、ゆっくり温泉に浸かりたい。

私たちは貸してもらった浴衣に着替え、大浴場に向かった。

「残念だな。男湯と女湯に分かれているのか」

階段を上がり、浴場の入り口にかけられた暖簾を見て、隆清さんは眉を下げた。

がっかりしているように見えるけど、彼なりの冗談だろう。

「あはは。今はどこでもそうでしょう」

明治になるまでは、銭湯は混浴が普通だったという。

男女ともにいやらしい目で見ないのが暗黙の了解だったというか、お風呂で脱ぐのは普通でしょ、という感じでお互いに気にしていなかったらしい。

ところが明治になり、開国と共に外国人がやってきた。彼らは混浴の光景にいたく驚いたという。

明治政府は日本が野蛮な国ではない、文明国であるという主張をしたくて、混浴を禁止にした。

正装を洋装にしたのも、それと同じくらいのとき。

着物は簡単に太ももやふんどしが見えてしまうため、野蛮だとされた。

しかし洋服は高価で、今でも庶民の中で普段着は着物だという人は多い。

そんな歴史はともかく、私はこの温泉が混浴だったらえらいことだったなと、内心安堵のため息をついた。

まだ夫婦らしいことをなにもしていないのに、突然肌をさらすことになったら、温泉で癒されることなんてできない。緊張しっぱなしだ。

「そうだな。じゃあ、またあとで」

「はい。遅かったら、先に部屋に戻っていてください」

「承知した。ゆっくりしておいで」

私たちは本当の夫婦のように、入り口で手を振って別れた。

ひとりきりになった途端、なんだか寂しくなる。

おかしいなあ。こんな感覚、初めて。前はひとりきりで出稽古に行ってもなんとも思わなかったのに。

開放的な露天風呂には、多すぎず少なすぎないくらいのお客さんがいた。

髪や体を洗い、透明のお湯が張られた大きな浴槽につま先からそっと入る。

「はあ〜」

お湯の中に体を沈めると、今までの疲れが溶けて消えていくような気がした。

毎日お風呂に入れるのはいいけど、家のバスタブは沸かしたお湯を溜めて入るものだから、すぐぬるくなっちゃうのよね。

有坂家ではずっと相模さんに監視され、教育され、がんじがらめだった。

歩き方から食べ方から全部あれこれ指摘され、さすがの私も神経がすり減っていた。

実家は貧乏だったけど、今よりずっと、のびのびさせてもらってたなあ。

頭上に広がる枝葉をぼんやり見る。

もしかしたら隆清さんは、私が有坂家の暮らしに疲れていることに気づいてくれてたのかな。

家の中でもいつでも私の味方でいてくれる。実家に行けば、私のことを褒めてくれる。

彼はひょっとして、ものすごく私に気を遣ってくれているのかも……。

なんだか申し訳なくなってきた。

私ときたら、自分のことばかり。

新妻修業もイヤイヤやっているから、ちっとも身につかないし。

きっと隆清さんは、私が相模さんに怒られているのを見るの、嫌だよね。

間に入るのも、実は面倒くさいと思っているかも。

少しはいい子にしないと申し訳ないな……。

そこまで考えて、ぶるぶると首を横に振った。

もう今日はなにも考えないでおこう。しっかり癒されて帰るんだ。

そうしたら、明日からきっと、頑張れるはずだから。


ゆっくりしっかり、納得いくまでお風呂に入って出ると、男湯の壁に隆清さんがもたれて立っていた。

しかもなんと、複数の女性に囲まれている。

「おひとりですかあ～？」

「私たち女学生なんですけど、一緒にお庭をお散歩しません？」

浴衣の若い女性たちに囲まれて、しかも散歩に誘われている。

私は呆気に取られ、口を大きく開けてその光景を見つめていた。

「いえ、連れがいますので」

隆清さんは整髪料を落とし、前髪を下ろしているので、実年齢より若く見える。

苦笑してやんわりと誘いを断った彼は、こちらに気づいた。

「寧々さん」

「ひゃっ」

いきなり名前を呼ばれ、我に返った。

女性たちは私を見て、気まずそうにそそくさと去っていった。

「ゆっくりできたか」

「はい。お待たせしました……」

私が出てくるのを待っていてくれたのだろう。

その間に、いったい何人の女性に声をかけられたのかな。

「隆清さんって、モテるんですねえ」

どうして今まで考えてもみなかったんだろう。

彼は役者顔負けの色男だもの。モテない方がおかしい。

「外見だけで評価されても、うれしくはない。面倒くさいだけだ」

むすっとした彼は、ため息をついた。いらないことを言ってしまったみたい。

出たよ、得意の「面倒くさい」。世間のモテない男の人が聞いたら、嫉妬されそうなセリフだわ。

しかし彼からすれば、心を許さない他人との交流はすべて本気で「面倒くさい」のだろう。

普段から周囲に気を遣いすぎて、嫌になってしまっているのかも。モテすぎるのも大変ね。


「さ、部屋に戻ろう」

気を取り直したように明るい声で彼は言った。

私たちは並んで客室に戻った。


客室でお茶を飲んで寛いでいると、すぐに食事の時間になった。

昼間たくさん食べたから、もう食べられないかと思いきや……。

そんな心配は無用だった。山の幸と海の幸が一緒に並んだお膳を見ただけで、お腹が鳴った。

「気に入ったか？」

「はい！　どれもおいしいです！」

ひとつひとつが繊細で、職人にしかできない味付けになっている。

有坂家での食事もおいしいけれど、それとこれとは別。家庭料理は家庭料理、旅館は旅館。

「君がなにも食べられないときは、どこか調子が悪いときだな」

隆清さんはクスクス笑い、出されたお酒をちびちび飲む。

「お酌しましょうか」

「へえ、珍しいな。頼もう」

私はお酒を飲まないけど、隆清さんは有坂家での食事のときも、毎日少量ずつ飲んでいる。

日本酒だったり、洋酒だったり、種類は様々だ。料理に合わせて選んでいる。

家では和子さんがお酌をするので、私の出番はない。

結婚式のあとの宴会のためにお酌の仕方を実家で覚えたんだもんね。ばっちりよ。

私は難なく彼の持っているお猪口にお酒を注いだ。

ほら、これくらい私だってできるんだから。

彼はくいっとお酒を飲み干した。

「うん、新妻がお酌してくれたから一段とうまい」

「またまたあ」

だいぶご機嫌がよくなったようだ。

冗談を言う彼に、頬が緩む。

楽しく夕食を終えると、途端に眠くなってきた。
今日は朝早くから動き回ったものね。
以前は朝から晩まで稽古してもびくともしなかったのに。体がなまっちゃったなあ。
「布団に入るか」
瞼がとろんとしてきた私を、彼は奥の間に案内する。
私はほとんど吸い寄せられるように、布団に横たわった。
おやすみなさい……と心の中で呟いたとき、すぐ近くで人の気配がした。
ハッとして体の向きを変えると、隣の布団に隆清さんが入ってきたところだった。
浴衣の襟の間から、彼の胸が見えている。
「近っ」
すっかり覚醒した私は、ガバッと起き上がってしまった。
「ん？　なんだ、緊張しているのか？」
隆清さんはキョトンとして私を見つめる。
いやだって、いつもベッドとソファで別々に寝ているんだもん。
隣り合った布団って、こんなに近いのね。
長年親子三人で寄り添って眠っていたのに、もうすっかり忘れてしまっていた。

もももも、もしかして隆清さん、私とそういうことをしようと……？

彼だって男だもの。いきなり気が向くってこともあるかもしれない。

どくどくと胸が脈打つ。

「いいいいえ、そそそそんな」

「そう警戒しなくても、なにもしやしない。まず落ち着け」

上体を起こした隆清さんに、どうどうと背中をさすられる。

浴衣の下はシュミーズと半股引。背中の感触で乳バンドをしていないのがバレたかしら。

お風呂のあと、窮屈だった乳バンドは外したままにしておいたのよね。

「べ、別に警戒なんて」

余計に鼓動が速まる。

どうしよう。私、まったく心の準備ができていない。

「仕方ないな。少し話でもして落ち着こう」

隆清さんは手を引っ込めた。

私はホッと安堵のため息を吐く。

「今日は君のご両親とゆっくり話せてよかった。いいご両親だな」

落ち着いた低い声に、波立っていた心が静かになっていく。

襲われるかもなんて、完全に私の勘違いだった。

そうよ、彼はそもそも結婚生活に興味なんてなかったんだから。

私は呼吸を整え、彼の言葉に答えた。

「娘の私が言うのもなんですけど、人柄は悪くないですよね。お金儲けの才能はないと思いますけど」

「金はあるに越したことないが、人の価値はそれだけじゃないだろう」

彼は小さく息を吐いた。

「うちの親は欠陥人間だからな。いくら祖父母の財産が残っていても、虚しいものさ」

そういえば、彼のお母さんはあの洋館をデザインした外国人と不倫して失踪、お父さんはそんなお母さんを探して旅に出て、今も行方不明。

うちの両親は仲がよく、私にも愛情を注いでくれた。それだけでも幸せなことだ。

彼は自分が寂しい思いをしてきたから、余計にそう考えるのだろう。

「そちらのお祖母さん方は、もう亡くなっているんだっけ？」

「父方の祖父母は亡くなっています。元幕臣ということを誇りにした、気難しい人たちでした。母方の祖父母はまだ存命で、のんびり畑仕事をして暮らしています」

母方の祖父母の家には、叔父一家が同居している。幼い頃はたまに行って、従兄妹同士で楽しく遊んだものだ。

もう今はお兄さんたちもお姉さんたちも結婚して、それぞれ忙しくしている。

「元幕臣か。へえ」

彼は感心したように顎を撫でた。

それくらいは片岡さんが調べていただろうに。彼には知らされていなかったのか、単に今まで興味がなさすぎて、聞いていたけど忘れていたのか。

「すみません。あまり気分のいい話じゃないですよね」

祖父母のことを思い出すと、身が縮む思いがする。

彼らはやたら厳しく、私が少しいたずらや失敗をしただけで激怒した。嫁である母がいじめられているところを目撃したこともある。それも、料理の味付けが濃いとか、掃除が行き届いてないとか、どうでもいいことで。

「別に気分を害してはいないけど。もしかして、うちの祖父が長州の出だってことを言っているのか？」

「違うんですか？」

「いや、違わない。祖父は維新で出世した、いわゆる成り上がりだった。幕府は敵だと彼は言っていたけど、俺自身はそう思ったことはない。正直、どうでもいい」

あっさり言われ、ぽかんと口を開けた。

そっか、そうだよね。

元幕臣の血を引く者が嫌いなら、私を嫁にするわけない。

「君は長州者が嫌いなのか？」

問われ、私は首を横に振った。

「いいえ。幼い頃は祖父母に『薩長は敵』と教え込まれていましたけど、今はそうでもないです」

祖父母は薩長に領土や職を奪われたというハッキリした恨みがあった。

しかし私は誰にも直接的な恨みはない。

父はもっと強烈な刷り込みをされてたから、最近まで長州の人に対して偏見があったみたい。

だけど今日の態度を見るに、隆清さんには感謝こそすれ、偏見など忘れたように思えた。

「隆清さんによくしてもらって、両親も長州の人が悪だなんて言うのは、ただの負け犬の遠吠えだったんだってわかったんじゃないですかね」

「負け犬は言い過ぎだろう」

「だって……」

元幕臣だって、うまいこと転身して爵位を授けられた人はたくさんいる。けど祖父母はそうなれなかった。そのせいでうちは貧乏の極みだった。

「忠誠心が厚かったんだな」

「忠誠心じゃご飯は食べられないわ。それに私、本当は学校に行きたかった」

出稽古の行き帰りで、袴に革靴、頭に大きなリボンをしている女学生を見て、正直羨ましく思っていた。

剣術は嫌いじゃなかったけど、女だからという理由で軽く見られていたし、年をとって体力が落ちたらどうなるのかという不安もあった。

「学校に行っていたら、相模さんに怒られることも少なかったかもしれないのに」

剣術しかしてこなかった私には、一般常識から叩き込まねばならない。相模さんはそう思っているみたい。

深いため息を落とすと、横から苦笑が聞こえた。

「そうだな。女学校は教養科目もあるけど、花嫁修業科目も多いから」

彼が言う花嫁修業科目とは、和裁や洋裁などらしい。

「寧々さんが学校に行っていたら、なんでもできただろうな」

「そうですか？」

「君は実は頭がいいんだと思う」

「ええ～、そうかな～」

褒められれば悪い気はしない。

私のどこを見て頭がいいと思ったのか、全然わからないけど。

やる気と元気と体力と根性はあるもの。向いていない科目でも、なんとかかんとかやり遂げただろうな。

まあ、今となっては叶わない夢だけど。

「でも君が学校に行けるほどの家柄で、将来の夢を持っていたら、俺の妻になんてなってくれなかっただろうな」

彼は独り言のように言った。

私は思わず彼の横顔を見つめる。

どうして少し寂しげなんだろう。

「隆清さんは、当然学校を出ているんですよね？」

「ああ、叔父にすすめられて陸軍幼年学校に。特にやりたいこともなかったから、暇つぶしのつもりで行った」

「暇つぶし……」

陸軍幼年学校に入るには、難しい試験があると聞いたことがある。普通の頭では入れないそう。

暇つぶしで受験して受かっちゃうなんて、片岡さんが天才って言うわけだわ。

普通の人なら自慢話になるのに、隆清さんにとってはただの思い出話みたい。

「訓練は疲れるし、それほど面白いとは思わなかったけど、戦術や戦略の授業だけは好きでね」

「それで、指揮官にそうなってた」

「いつの間にかそうなってた」

いつの間にかって……本人が志願しなくても、周りが彼の能力を認めて推薦してくれたってことかな。それってすごいよね。

彼は、頭の中に俯瞰で見た戦場の地図を描くことが可能だそうだ。

敵がどこを通り、どの方角から来るかを推測し、敵より高所に陣を敷く。

死角がないように人を分けて配置し、敵をおびきよせて集中砲火させる。

正確な地図が手に入らなくても、周囲を少し歩くだけで、彼にはこれができるのだ。

結果、兵数の上で不利でも、勝利をおさめられる。

戦争は数が基本だという。敵より多くの味方がいることが、勝利の基本となる。

しかし彼はそれを地の利で覆す。

隆清さんは当然のことのようにさらりと話すけど、実は誰もが簡単にできることではない。

だって私、実家の近所の地図を俯瞰で思い浮かべるのも難しいもの。

初めて踏み入った土地でそれができたなんて、すごすぎる。

幼少時代にどういう教育を受けたらこうなるんだろう。

聞こうとして、やめた。彼の幼少時代は、つらいことも多かっただろうから。

「これからどうなるかわからないけどな。各国はもう銃や爆薬とは比較にならない武器を製造し出しているし、日本でも戦闘機の開発が進んでいる」

歩兵をどう動かすかという戦争は、もう終わったのだそうだ。

「この話はやめよう」

彼は首をふるふると横に振った。

戦争は怖い。新たな殺戮兵器のことなど、想像もしたくない。

平凡な私は、こくんとうなずいた。

「そもそもの話題はなんだったか」

「あ、そうそう……祖父が怖かったって話です」

「ああ」

彼は天井を仰ぎ見て、突然くすりと笑った。

「かわいかっただろうな、小さい寧々さんは」

真っ赤なほっぺで、鼻を垂らしたおかっぱ頭の私でも想像したのだろうか。

いたずらして怒られ、母の背中に隠れたのが昨日のことのように思い出される。

「とにかく、祖父母のことも薩長のことも、もう恨んでません。恨んだってどうしようもないもの」

「君らしい考えだ」

隆清さんは微笑み、ころんと布団に横になった。

「そろそろ落ち着いただろう。君も横になるといい」

「あ……はい」

話に夢中になって、いつの間にか緊張していたことを忘れていた。

全然いやらしい雰囲気にならなかったもの。隆清さんは、まったくそういう気がないんだわ。

ホッとしたような、少しがっかりしたような、微妙な気持ちが胸をかすめた。

違う。がっかりなんてしていない。断じて。

「君に恨まれていなくてよかった。敵に回したくないからな」

「どういう意味ですか」

ムッとして彼を見下ろす。

「俺は君を気に入っているということだよ」

彼は寝転がったまま、口の端を上げて淡く笑う。黒く輝く瞳にドキリとした。

「え……」

気に入ってる？　いったいどこを？

嫌われているような自覚はないけど、気に入られるようなこともしていない。

「君さえよければ、夫婦として歩んでいかないか」

「夫婦としてって」

「仲のいい夫婦のふり、じゃなく、いつか本当の夫婦になれたらいいと思っている」

彼の言っている意味がよくわからなくて、首を傾げる。

「それって、仮面夫婦ではなく、名実ともに夫婦になろうってことですか」

お互いに望まない政略結婚だった。しかし利害が一致していたため、表向きは仲のいい夫婦を演じようという話だった。

だけど今は、演じるのではなく、本当の夫婦になろうと言ってくれている。

「うん。そうだ」

寝転がったまま微笑む彼を、黙って見つめる。

彼は私に気を許しているように見えた。

絡んできた学生を追い払ったときや、親戚に対応している彼とはまったく違う、柔らかな雰囲気を纏っている。

「これからゆっくりゆっくり、本当の夫婦にならないか」

低い彼の声が、じわりと胸に染みた。

本当の夫婦に……。

あんなに結婚に対して興味のなかった隆清さんから言われるなんて、嘘みたい。

いったい私のどこを気に入ったと言うんだろう。

朝まで追及したいような気がするけど、やめておこう。

私たちはこれからずっと一緒だ。時間はいくらでもある。

「……はい。よろしくお願いいたします」

私はうなずき、布団の上に横になった。

こちらだって、すぐに嫌われて有坂家から出ていってやろうと思っていた。

相模さんに脅迫され、仕方なく彼と一緒にいることを決めたつもりだった。

なのに今は、全然そんな気がない。できるだけいい妻でいたいと思っている。

両親が受けた恩を返したい。でも、それだけじゃない。

寂しい思いをしてきたこの人が、私をそばに置こうとしている。

おしとやかじゃない私を気に入ったと言ってくれている。

その気持ちが、素直にうれしい。

「ありがとう。おやすみ」

彼は私の頭を優しく撫で、手を布団の中にしまった。

どうやら、本当になにもしないつもりらしい。

ん? ちょっと待ってよ。本当の夫婦になるってことは、いつか彼とそういうことをする日が来るってこと……？

余計なことを考えて勝手に胸を高鳴らせた私はなかなか寝られず、いつの間にか聞こえてきた彼の寝息に、しばらく耳を傾けていた。

＊＊

……もう朝か。
久しぶりに畳の部屋で寝た気がする。
布団の中で伸びをしようとしたら、左手がなにかに軽く当たった。
反射的にそちらを見ると、寧々さんがこちらを向いて横になっていた。
瞼を閉じ、すうすうと寝息を立てている。
ああ、そうか。昨日、俺は温泉に泊まって、寧々さんの隣で寝たんだっけ。
上げかけた手を、そっと戻す。
壁掛け時計を見ると、起床予定時刻より少し早かった。
昨夜は久々によく眠れた。
ときたまにだが、戦争中の夢を見ることがある。シベリアにいたときの夢だ。
小隊を率い、日本とは比べ物にならない厳しい雪の中で戦った。
成果はほどほどにあげられたが、その分、敵兵の傷つく姿を間近で見ることとなった。

彼らは母国の言葉で、母親を呼びながら息絶えた。恋人らしき女性の写真を握りしめている者もいた。

正義のための戦いなど、ありはしないのだ。

戦争など、各国の利益のためにやっているにすぎない。

シベリア出兵も、チェコスロバキア軍を解放するためという目的を大義名分にしていたが、結局はロシアの鉱山資源や鉄道を日本のものにするための侵略戦争だったのだ。

その証拠に、同盟国が撤退してからも、日本軍だけがシベリアに残り、意味のない戦いを続けている。

日本軍は慣れない環境での戦いに苦戦を強いられていた。

働いた分の功績は認められたものの、戦況はちっともよくならないので、早々に見切りをつけた。

ひとりで勝ち抜いていた俺は、上官や同期の妬みの的だった。だからか、帰国願いを出したら意外にもあっさりと受理された。

俺の隊のみが勝利をおさめても、他が全部負けていてはどうしようもない。結局、俺がいようがいまいが、シベリアの状況は変わらないのだ。

帰ってきてしばらく、俺は抜け殻になっていた。

生きてきて唯一興味を持てたのが戦略や戦術だったが、もうそれもどうでもよくなっていた。

どんなに天才と言われようが、結局俺のやっていることはただの人殺し。

そして寧々さんに言ったように、歩兵の時代は終わった。これからは飛行機や大量殺戮兵器の時代だ。

それでも、いつか自国を守るため、この知識が役立つときが来るかもしれない。

意味があるのかどうかわからない訓練を無心で続けていただけの日々に、彼女は突然現れた。

寧々さんは、女性だてらに剣術を学び、男子学生にも媚びずに自分の意見をハッキリ言っていた。

気が強く美しい彼女に、俺は目を奪われた。

しかしまさか、彼女が自分の妻になるとは思っていなかった。

俺は誰とも、結婚する気などなかったのだから。

両親が出ていったときのことを、俺はほとんど覚えていない。

祖父母はしきりに母の悪口を言っていたような気がする。外国人の建築家と駆け落ちしたとのことだが、真相はわからない。

父は母を深く愛していたため、彼女を探して旅立ち、行方不明のまま。

おそらく外国で戦乱に巻き込まれ、亡くなっているのだろう。

あるいは、母が見つからないことに絶望し自ら命を絶ったか、別の女性と懇ろになっているか。

母もどうなっているか、想像もつかない。

例の建築家と仲良く元気に暮らしていたとしても祝福できないし、どこかで野垂れ死んでいたとしても同情できない。彼女に対する俺の感情は「無」でしかない。

いずれにせよ、無責任な話だ。

とにかく、結婚という制度に意味がないということはわかった。

制度で人の心を縛ることはできない。

寧々さんは、両親の生活をよくするためにうちに嫁いできた。

今まで接した人間とは違う、明るく朗らかな彼女の人柄は、すぐに気に入った。

しかし、いつかは彼女も、自分の世界に戻っていくだろう。

両親の暮らしが安定したら、自由を求めて逃げ出したくなるに違いない。

その証拠に、ここ最近の彼女の様子はおかしかった。明らかに、笑顔が減っていた。

それが相模の厳しすぎる教育によるものだということはすぐにわかった。俺も幼い頃、同じように厳しくされたからだ。

俺は幼児だったから、毎日少しのことを覚えるだけでよかった。だが寧々さんはそうではない。

普通の女性が女学校で何年もかけて学ぶことを一気に詰め込もうとしているので、負担がかかるのは当たり前だ。

このままでは、寧々さんが潰れてしまうと思い、今回の小旅行を思いついた。

結果は上々だったと思う。寧々さんは楽しんでいるように見えた。

俺にとって人の扱いは、戦争よりもわかりづらくて気を遣う。

「ん……」

閉じられていた瞼がぴくりと動いた。

ああ、残念だな。かわいらしい寝顔だったのに。

まあいいか。これからもしばらくは見られそうだし。

「わっ」

彼女は数度瞬きし、俺の存在に気づいて驚きの声をあげた。

「おはよう」

「お、おはようございます」

彼女はくるりと俺に背を向けてしまった。

寝顔を見られたことが恥ずかしいのだろうか。

両親のためとはいえ、彼女はよくやってくれている。

彼女のためにはあの温かい家庭に返してやるのがいいのだろうが、できそうにない。

寧々さんの実家でご両親と話をして、俺は彼女を放したくなくなった。

あの愛情深い家庭で育った寧々さんなら、俺が失ったものを取り戻してくれるのではないかと思ったから。

「もうすぐ朝食が来るかな」

髪の匂いを嗅ぐように、すぐ後ろから声をかけると、彼女の肩がびくりと震えた。

俺は欠陥品だけど、できるだけいい夫になろうと思う。

だから君も、ゆっくりでいいから妻になる覚悟を決めてくれ。

後ろから抱きしめてみたい衝動に駆られたけど、やめておいた。

代わりに彼女の赤く染まった耳の形を、じっくり観察した。

大切なもの

一泊旅行から帰った私たちを、相模さんは自然に出迎えた。

どうやら驚かされたのは私だけだったらしい。

数日前から隆清さんと周囲の人たちは一緒に準備をし、なにもかも知っていたということだ。

「今日から私は、無理をすることをやめますっ」

隆清さんが仕事に行ったあと、私は相模さんに宣言した。

温泉でのびのびしてわかったのは、毎日がいかに堅苦しくつらかったかということ。

もちろん、彼の妻になると約束したからには、最低限のことはできなくてはいけない。

でも、名家のお嬢様が何年もかけて身につけるものを、たった数日で習得しようというのがそもそもの間違いだったのだ。

彼女たちは名家で生きて、その常識を空気のように吸って取り込んでいるんだもの。

道場育ちの私は同じ生き物にはなれない。

「そもそも隆清さん自身それほど社交的じゃないし」

爵位があるとはいえ、彼は軍人。

パーティーや舞踏会みたいなきらびやかな場所に行くことはそうそうないみたい。

奥さん同士の付き合いも、井戸端会議でじゅうぶん。

お茶会とか歌会とか、もし誘われても隅で静かにしていればいいんでしょ。

教養がないことを笑われたって気にしない。そんなどうでもいいことで人間性を評価する人たちと仲良くしたいとも思わないし。

「ですが……」

「だからね、相模さん。妻として絶対にできないと困ることを最優先に教えて。お勉強は午前中だけにして、午後は自由にさせてほしいの。その代わり、あなたたちの仕事を手伝うから」

この申し出に、相模さんは頭を抱え、夕方帰ってきた隆清さんに泣きついた。

しかし彼は「最初から、彼女の自由にさせてやれと言っているはずだ」とあっさり対応。

こうして私は午後の自由を勝ち取り、好きに過ごすことを許された。

温泉から帰って一か月が経った頃。

ワンピースやスカートはひらひらして足元が心もとないので、女学生のように袴を穿くことにした。古着屋で安く買ってきたものだ。

「うふふ、この格好、実は憧れてたのよね～」

剣術に明け暮れているときは、みんな同じような格好をしている女学生に対し、なにが楽しくてそうしているのだろうと心の中で毒づいていた。

でもそう思うってことは、実は羨ましいってことなのよね。

「ご主人様、奥様はあれでいいんですか？」

相模さんは苦々しい顔をしている。

美品を掘り出してきたつもりだけど、彼女にとっては奥様が古着を着ていること自体、ありえないみたい。

「似合っているじゃないか。かわいいよ」

「本当ですか？」

髪も後頭部の高いところで結び、大きなリボンをつけてみた。

「どんなに飛んでもしゃがんでも、下着や肌が見えなくていいわよ。これこそ淑女の制服にすべきだわ」

剣術の道着も、下は袴だものね。やっぱり慣れている方が動きやすいわ。

「ま、おふたりの仲がよろしければ、言うことはありませんけれども」

私があまりに言うことを聞かないので、相模さんも最初は苛立っていたようだけど、この二週間で諦めたみたい。

そうそう、夫婦は仲がよければいいのよ。

「隆清さん、ちょっと付き合ってくださらない?」

「いいよ。どこへ?」

仕事から帰ってきたばかりの隆清さんを誘い、外に行こうとする私を、相模さんが止めようとした。

けれど彼が「いいから」と言ったので、大きなため息と共に彼女は手をおろした。

「じゃーん。これに乗ってみたいの」

庭先に停めておいたのは、自転車だ。これも、中古で買ったもの。

「これはまた、斬新な」

彼は少し驚いたようで、目を丸くして自転車を撫でた。

無理もない。自転車に乗っている女性なんて、ほとんど見かけないもの。

でも、別に女性が自転車に乗っちゃだめなんていう法律はない。これからは女学生だって産婆さんだって、急いでいる人はどんどん乗ればいいのよ。

女性がせかせか自転車を漕いでいるのが見苦しいと思う男性には思わせておけばいい。便利なものはみんなで使うべきよ。

「ぐんぐん風を切るのって、気持ちよさそうでしょ？」

ワクワクしている私に、彼は微笑みうなずく。

女性が剣道を嗜むこともなんとも思わない隆清さんは、自転車に乗ることもすんなり受け入れてくれたようだ。

「たしかに。でもこれに乗るのって、鍛錬が必要じゃないか？」

幼少期から移動といえば人力車か自動車だった彼は、自転車に乗ったことがないらしい。

「協力してくれる？」

「もちろん」

彼は軍服の上着を脱ぎ、シャツの袖をまくって自転車を担ぐと、屋敷の前の道路に出した。

「おやめくださいおふたりとも。みっともない！」

さすがの相模さんも、屋敷の主人と奥方が自転車の訓練を始めたのを止めにかかった。

「明るいうちにやらないと、危ないから。ほら寧々さん、俺が後ろを持っているから、とにかく漕いで。漕いで勢いに乗らないと、車体が安定しない」

乗ったことはなくても、見ただけでやり方がわかる。やっぱり彼は天才だ。

「漕ぐって、足を動かすってことよね？」

「そう。しっかりペダルに足をつけて」

「ぐらぐらするわ」

「もっと高速で回転させるんだ」

少し動いたところで、車体が大きく傾く。

「いやあああああ！」

叫んだのは、私ではなく相模さんだった。しゃがれた高音が響く中、私はがっしりと隆清さんに支えられていた。

なにをどうしたのか、私は彼の腕の中に横抱きにされていた。

漕ぎ手を失った自転車が、派手な音を立て、目の前に倒れた。

「あわわ……」

少しの擦り傷や打ち身くらいは覚悟していたけど、変な風に倒れたら、骨折もありえるかも。

完全に腰が引けてしまった私に、隆清さんが至近距離で囁きかける。

「大丈夫。最初から上手にできる人なんていない。君は運動神経がよさそうだから、すぐに慣れるさ」

彼は私を優しく地面に降ろすと、自転車を起こして手招きする。

軍服を着ていると細く見える彼の腕は、実はしっかりした男の人の腕だった。

私の腕よりずっと骨太で、筋肉の筋がハッキリ見える。

私、今あの腕に抱かれてたんだわ。

遅れてやってきた羞恥心を振り切り、彼に駆け寄る。

「ようし、くじけないわよ！」

「その意気だ」

そうして同じように数回転び損ね、その日の練習は終了した。

「ごめんなさい。隆清さんの方が疲れたでしょう」

入浴後、私は寝室で隆清さんに詫びた。

私たちは温泉から帰った日から、ベッドで一緒に寝るようになった。

お役御免になったソファが、こころなしか寂しそうにしているように見える。

最初は心臓が暴れまわってどうにかなってしまいそうだったけど、隆清さんは温泉に泊まったときと同じく、そばにいるけれどなにもしなかった。

今、私たちはベッドに並んで座っている。

「いや。俺は楽しかった」

嘘を言っているようには見えない。

たしかに練習をしているとき、彼は終始笑顔で、いつもより声が出ていたような気がする。

「そう言ってもらえると救われます……」

しかし、私はあまりにも下手すぎた。

町で見た男性たちがあまりにスイスイ乗っているものだから、簡単だと思い込んでいた。

けど彼らも、相当な訓練をしていたのね。やっとわかったわ。

「初日で乗りこなせる人なんていないんじゃないか。そういう俺も乗ったことはないし」

「じゃあ、隆清さんも練習しなくちゃね」

「そうだな。自転車で出かけたら楽しいかもしれない」

私は彼とふたりで小高い丘の上まで出かける想像をしてみた。

えっちらおっちら自転車を漕ぎ、丘の上でお弁当を食べるの。

その辺に咲いてるお花をかわいいねなんて言いながら、疲れたあなたは私の膝枕でお昼寝するのよ。

「えへへ……」

「なんだ、ひとりでニヤニヤして」

指摘され、我に返った。

私ってば、おとぎ話みたいな想像をしてニヤニヤしてしまった。

こんなこと、以前はなかったのに。

隆清さんといる時間が長くなるほど、男の子みたいだった私が乙女に変化していくのを感じる。

「頭でも打ったかな?」

ベッドに座っていた私の頭を抱き寄せるようにして、隆清さんが髪の毛をかき上げる。

傷やこぶがないか確認しているのだろうけど……近い。かなり近い。

緊張で息を止めてしまっていると、彼が手を放した。

「大丈夫そうだ。数日続けて練習すれば、乗れるようになるさ」

隆清さんは灯りを消し、「おやすみ」と呟いた。

彼にならい、私も体を横たえる。

今日も、並んで眠るだけ。初めよりだいぶ距離は縮んだけど、私たちは相変わらず男女の関係にはなっていない。

夫婦というより、兄妹というか、父娘に近いというか……。

まあ、いいわよね。夫婦だって家族だもの。

彼はきっと、家族のぬくもりを求めているんだわ。

隆清さんはすぐ、規則的な寝息を立てはじめた。

彼と同じベッドは、ひとりでいるときよりもずっと温かい。

ぬくもりに溶かされてうとうとまどろみながら、本音が胸をかすめた。

私って、やっぱり女性としての魅力が欠けているのかしら……。

数日後、私は自転車に乗れるようになった。

隆清さんの言う通り、コツを摑んだらそれまでの苦労が嘘のように、スイスイ乗れるようになったのだ。

「俺も一台欲しいな」

「じゃあ、一緒に見に行きましょう」

自転車は想像通り、乗れるようになるととても快適で便利な乗り物だった。

天気のいい日に袴と革靴でびゅんびゅん走ったら、まるで風になったような気分。

……ま、あとで「ご近所さんに見られたら恥ずかしい」と相模さんがくどくど言っていたけど、気にしない。

他人が私のことをどう思ったっていい。隆清さんが恥ずかしい思いをするなら、ちょっと気にするけど。

隆清さんの自転車を買うために、私はワンピース、彼は開襟シャツに紐ネクタイ、ズボンといういで立ちで出かけようとした。

すると、相模さんが玄関でぼそっと言った。

「自転車も大概にしておかねば、お体に毒なのでは」

「適度な運動は体にいいはずだが」

隆清さんがやんわりと反論する。相模さんはいつも、彼が反論すると黙ってしまうのだけど、今日は違った。

「自転車は腰への負担が多いように思います。ガタンガタン揺れるではありませんか」

もなし。


「あら、ちょっとくらい平気よ」

たしかに、お尻が痛くなりそうな悪路もあるけれど、それほど長距離を走るわけで

「ですが、ご懐妊されていた場合……」

私と隆清さんはハッと顔を見合わせた。

そうか、たしかに揺れは妊婦さんには悪いかもしれない。

相模さんは妊娠が発覚する前になにかあったらと、心配しているのだ。

「そうか、そうだな。今後は無理させないようにする」

「そうしてくださいませ」

相模さんはそれ以上は言わなかった。

私たちは敷地を出てから、ため息を吐いた。

もうすぐ、結婚して二か月になる。

初夜に妊娠していたとしても、懐妊がわかるのはもう少し先。

だけど相模さんは、今からものすごく期待しているみたい。

そりゃあそうだよね。片岡さんに早く跡継ぎを作るように言われているんだもの。

でも、私たちは赤ちゃんを授かるようなことをしていないので、みんなの期待には

応えられない。

だから自転車に乗るのにもまったく支障はないのだけど……私たちも赤ちゃんを心待ちにしている演技をして自重しなくては、怪しまれてしまう。

実は夜の営みがないのだと片岡さんに知られたら、私の実家がなんらかの圧力をかけられるかもしれない。

「考えすぎなくていい。まだ結婚して二か月しか経っていないんだ」

私の思考を読んだように、隣を歩く彼が言った。

「一年は懐妊しなくても、誰もなにも言わないさ。赤子は授かりものなんだから」

「ええと……うん、そうですね」

授かりものって。授かるようなことをしている人ならそれでいいけど、私たちはどうなるんだろう。

彼は私を女性として見ているんだろうか？　いまだに、妹のように思っているのだろうか。

「誰かにつつかれたときは、俺が不能なんだって言ってやる」

「ふ、不能？」

そうか、その場合もあるのか。

病気などで、男性の機能に不具合がある場合。それを忘れていた。

「事実じゃない。いや、まだ子を成したことがないからわからないが。そんなに驚いた顔をしないでくれ」

「あ、そうですか……」

うん、考え込んでもいいことないな、この問題。

きっといつか、もう少し私たちの心が近づけば、自然とそうなる日も来るわよね。

私たちは手頃な場所で人力車を拾い、自転車屋さんがある街に向かった。

普段ほとんど外に出ない私は、実家の周りとは段違いの華やかさに嘆息した。

立ち並ぶ商店は活気があり、自動車や人力車が往来をひっきりなしに通っていく。

「轢かれないように気をつけて」

隆清さんはキョロキョロ周りを見ている私を商店側に寄せてくれた。

「あっ、バスだわ」

道路の真ん中を、たくさんの人を乗せたバスが我が物顔で通っていく。

バスを初めて見た私は、幼い子のように興奮していた。

いや、バスだけじゃない。四階建てのビルも、郵便局も銀行も、初めて見た。

「あ、ごめんなさい。自転車屋さんに行かないと」

ちなみに私が自転車を買ったのは、寂れた商店街の古道具屋。

隆清さんもそこでいいと言ったけど、相模さんが新品を買うように強く言ったのだ。

理由は、もし部品に不備があって、隆清さんが怪我をするといけないから。

「急いでいないから、ゆっくり行くといい」

彼は鷹揚に微笑むけど、あまりキョロキョロしていたら田舎者みたいで格好悪いわよね。実際田舎の貧乏娘だったんだけど。

自転車屋さんに向かって歩いていると、とある三階建ての建物から、和服の上に変わった羽織を着た女性がふたり出てきた。

羽織は背広のように体の前で留めるボタンがついていて、袖は割烹着のように膨らんでいた。中には着物を着ているみたい。

「あれ、流行っているの？」

初めて見たものにはすぐ興味を持ってしまう。

袖口を引っ張ると、隆清さんは「いや」と否定した。

「あれは作業中に和服の袖が邪魔になるから、押さえるために上から着ているんだ」

「作業中……ということは、あの方たちはあそこで働いているのね」

和服で出勤し、そのままだと袖が邪魔だからあの服を上から着るのか。

「なにをする会社なのかしら？」

「さあ……仕事と言っても色々あるから。今人気の職業といえば、電話交換手とか、タイピストかな」

私はため息を吐いた。

噂には聞いていたけど、間近で職業婦人を見たのは初めてだ。

実家の周りには工場も会社もない。働いている女性といえば、産婆さんか商売をしている人くらいだった。

「頭がよくないといけないんでしょうね」

タイピストは、手書きの原稿を読んで手早くタイピングできなければならない。読み書きができるのは当然だし、専門の学校へ通わなければ、タイピストにはなれないという。

さすがみんなが憧れる職業だ。

「君だって、やればできるさ。専門学校へ行きたければ、手配するけど？」

「またまた冗談を……」

遠ざかっていく職業婦人の後ろ姿を見送りつつ、私は苦笑した。

結婚した女性が学校へ通うなんて、聞いたことがない。

「私なんて、とても無理よ」

「そんなことないと思うけど。何事もやってみないとわからない。女学校へ行っていないのと頭の良し悪しは、別の問題だ。君は決して、頭の回転が遅い方ではないと思う」

彼は私の頭を優しく撫でた。

そうかなあ。足の回転は速いと思うけど、頭はどうかな。

興味のあることなら覚えられるかもしれないけど、なにしろ私はおっちょこちょいだ。

繊細な作業よりも、体を動かす仕事の方が合っているような気がする。

されど、隆清さんが私のことを否定しないでいてくれるのがうれしい。

普通の旦那さんだったら、新婚の奥さんが今から学校に通うなんて言ったら、渋い顔をすることだろう。

「電話交換手ならいいんじゃないか？」

「タイピングよりはいいかもしれないわね」

電話交換手は、かかってきた電話を相手に繋ぐ仕事だ。

かけてきた人の話をよく聞いて、すぐさま相手に繋げなくてはならないという。

人と話をするのは得意だから、そっちの方がいいかも。

「隆清さん、本当に私が働きたいって言ったらどうします？」

お嫁に来た当初は、すぐに離婚して出ていくつもりだった。

今、私たちの仲はおおむね良好とはいえ、いつ破綻をきたすかわからない。

だってもし、隆清さんに本気で好きな人ができたら？

間に合わせの花嫁は、お役御免にされるだろう。

そうしたら、この辺りで仕事を探そうかしら。

「いいんじゃないか。君はあの屋敷に縛られているより、外に出ている方がいきいきしているし」

「そう、そうなのよ」

どうやら、彼は私が働くことに賛成みたい。

そして、私のことをよくわかっていてくれるし、なにかを強制したりしない。

普通の奥さんが家を放ったらかしにして外に出ていては困るだろうけど、うちには相模さんと和子さんがいるしね。

「でも、休日が重ならないと寂しいかもしれないな。こんなふうに出歩けなくなるから」

「じゃあ、一緒に商売を始めたらいいんじゃないかしら。贅沢な暮らしができなくてもいいの。質素でも仲良く暮らしていけたら」

興奮して話し続ける私を、彼は目を細めて見ていた。

隆清さんは戦略の天才。頭がいい人は、なにをやったってきっとできるわ。

他の人が聞いたらくだらないと言うであろうもしもの話を、彼は微笑んで相槌を打ちながら聞いてくれた。

歩きながら話していると、いつの間にか自転車屋さんの前に着いていた。

ずらりと並ぶ自転車を、他のお客さんもどれにしようかと覗いている。

「はっ、大尉殿！」

「大尉殿ではありませんか！」

端で自転車を見ていた男の人がこっちに気づくなり、敬礼してきた。

隆清さんを見ると、今まで浮かべていた穏やかな微笑みが消失していた。

「やめろ。今日はお互いに非番だ」

「はっ」

若いふたりは敬礼を解いた。けど、ビシッと背中を伸ばしたまま。

「あのう、いつも有坂がお世話になっております。どうぞ、楽になさって」

彼らは隆清さんの部下だろう。知らん顔はできない。

挨拶をすると、彼らは私の全身をまじまじと見つめた。

「か、かわいい……」

「かわいいな……」

ぼそっと呟くような声が聞こえた気がした。

「あなたが噂の、大尉殿の奥様ですか。お世話になっております、飯村《いいむら》です」

「磯部《いそべ》です」

彼らは私に会釈をした。

噂って、どういう噂なんだろう。

もしや、職場でもお転婆だと噂になっているのかしら。

首を傾げると、彼らは緊張が解けたように頬を緩めた。

「いやあ、あの鬼大尉がご結婚されたと聞いて。いったいどのような奥様なのかと」

「おい、バカ」

磯部さんが、飯村さんを肘で小突いた。

「鬼は余計だ」

地獄の底から響くような低い声が、私たちを凍りつかせた。無論、隆清さんの声だ。

「たか……主人は、あなたたちにひどいことをなさるのですか」

「いいえ、とんでもない！　鬼みたいに厳しいけれど、私たちを育てるためだと、ちゃんとわかっております！」

飯村さんは顔じゅうから汗を流し、隆清さんの方をちらちらと見ている。

へえ……隆清さんは、職場ではとっても怖いのね。

そういえば、初めて会った日に学生さんたちから私を守ってくれたときも、とんでもない威圧感を体中から発していたっけ。

「あのう、大尉殿は家ではお優しいのですか。ご懐妊はまだでしょうか」

「余計なこと言うなって！　では大尉殿、奥様、失礼いたしますっ！」

磯部さんが飯村さんを強引に引っ張り、自転車屋から離れていく。

彼らの背中に向かい、彼はチッと舌打ちした。

「……軍隊だもの、優しくては務まらないわよね？」

私はわかっている。

最初は天才大尉と呼ばれる隆清さんを、ちょっと冷たくて変な人だと思っていた。

でも、彼は本当は優しい。

決して、部下を理不尽に痛めつけてうれしがるような人ではない。

隊を率いる立場の人がなよなよしていては、舐められちゃうものね。

若くて甘い顔立ちの彼ならなおさらのことだ。

「寧々さんが俺のことをわかっていてくれたら、それでいい」

彼は言い放つと、自転車の方に視線を移した。

私の前で鬼って言われたのが、恥ずかしかったのかしら。

彼は跪いて前輪を見ながら、低い呟きを地に落とした。

「あいつら、寧々さんのことをいやらしい目で見ていた。明日折檻してやる」

広い背中から、怒りが迸っているように見えた。

「だめですって！」

そんなの、勘違いだから。折檻なんて絶対にしちゃだめ。

とんとんと背中を叩くと「わかってる」と短い返事が返ってきた。

そのあと無事に自転車を買い、馬車で屋敷まで運んでもらった隆清さんは、すっかり機嫌を直していた。

やはり、少し照れ臭かっただけみたい。

彼は持ち前の器用さで、自転車をすぐに乗りこなせるようになった。

「これはいい。通勤に使おう」

自転車を気に入った彼は、笑顔でそう宣言し、翌日から本当に自転車で出勤していった。

「ご主人様はすっかり奥様に感化されてしまって」

相模さんは不服そうだったけど、和子さんはニコニコして二台並んだ自転車を磨いてくれていた。

「いいんじゃないでしょうか。ご主人様はあまり笑わない人だったけど、奥様が来られてからすっかり明るくおなりになって。お食事もたくさん召し上がるようになったし、日に日に健康的になっていらっしゃいますわ」

この和子さんの発言を、相模さんは苦々しい顔で聞いていたが、否定はしなかった。

「ご主人様は奥様を愛してらっしゃるんですね」

和子さんが恥ずかしげもなく言う。

「うん、そうね」

相模さんの手前、そう返すしかあるまい。短くうなずくと、和子さんがたたみかけてきた。

「奥様もご主人様をお好きなのですよね？」

「もちろん」

一言返すたびに、心臓が小さく跳ねた。

彼が本当に私を愛してくれていたら……と思うと、胸が熱くなる。

最初は素っ気なかった隆清さんが心を開いてくれるたび、色んな表情を見せてくれるたび、私の彼に対する好意は大きくなった。

これが好きとか愛しているという感情なのかは、正直よくわからない。

お兄ちゃんがいたらこんな感じなのかなと思わなくもない。

「さて。次は……」

自転車を拭き終えて立ち上がった和子さんが、ふらりとよろけた。

私は咄嗟にその細い体を支える。

「大丈夫？　ん？　少し熱くない？」

そっと額に触れると、彼女は跳び退くように後ろに下がる。

「いいえ、大丈夫です」

「ちょっと大人しくしてて。命令よ」

よくよく見れば、顔色もあまりよくない。

おでこと首筋を触ると、やっぱり少し熱かった。

高熱と言うほどでもないけど、平熱とも言えない。

「疲れているんじゃない？　少し休んだら？」

和子さんはうちの家事全般を担っている。

午前中、相模さんが私の教育にかかりきりになっている分、彼女に負担がかかっているのだろう。

午後は午後で、相模さんにあれこれ言われながら働いている。

決まった休みもなく一年中家事をしているんだから、疲れが溜まって当たり前だ。

「今日はゆっくり寝なさい。あ、相模さんも今日は休みにする？」

「いいえ、大丈夫です奥様」

首を横に振る和子さん。

「私もこの通り、ピンピンしておりますから」

相模さんは真面目な表情を崩さない。ふたりとも、休むことを思いっ切り拒否。なんでよ。

「そもそも、私たちがいなかったらお食事やお風呂など、どうなさるおつもりで？」

相模さんに聞かれた私は、あっけらかんと答える。

「そんなの、外食とか銭湯とか、どうとでもなるわよ。赤子じゃないんだから」

「銭湯！　ご主人様が、銭湯……」

ピンピンしているはずの相模さんが青くなって倒れそうになる。

別にいいじゃない。温泉だって銭湯だって一緒よ。なにが悪いの。庶民しか銭湯に行っちゃだめなんていう法律はないわよ。

と言ってみようとしたけど、やめておいた。

彼女と私の常識は違うのだ。相模さんは私の常識を受け入れられないときもある。

それでいいじゃない。

一方隆清さんは、私が有坂家の暗黙の了解を破っていくのを、楽しんでいるように見える。

「そうだ。今夜は私が食事を作るわ。和子さん、休んでいてね。動いちゃだめよ」

「お、奥様、それでは私の立場が」

「ちょっと休んだくらいでクビになんてしないわ。約束する。ね、無理しちゃだめ」

無理をしすぎて、私のお母さんは病気になったのだ。

そう話すと、和子さんは黙ってうなだれた。

「奥様がそうおっしゃるなら、いい機会です。夕食を私たちで作りましょう」

「さすが相模さん！　頼りになるう」

相模さんも、和子さんに無理して働くような圧力はかけない。

おだてると、少しだけ頬を桃色に染めたような気がした。

和子さんは「ありがとうございます」と、私を拝むように手を合わせた。


というわけで、私と相模さんで、商店街に夕食の材料を買いにいくことにした。

和服に割烹着という姿で出かけた私は、どこからどう見ても平凡な新妻だ。

「今日は簡単なものにしましょう。焼き魚とお味噌汁でいいわ」

それくらいなら私にもできる。

いつもの有坂家の食事は手が込んでいるが、和子さんがいないのでそれは無理。

すでに調理した魚などを売ってくれる煮売り屋でおかずを買えば早いけど、帰って置いておくうちに傷んでもいけないし。作った方が安全性は確実だ。

「いいでしょう。お味噌汁を具だくさんにすれば、滋養がとれます」

相模さんは私にくどくど説教することが少なくなった。

やっと最近、言っても無駄だってことをわかってもらえたみたい。

私たちはお魚と野菜と卵などを見て回った。

「やっぱり相模さんといると勉強になるわあ。ね、あの甘い匂いはなにかしら」

「あれはワッフルという洋菓子……って、寄り道はだめですよ」

「ちぇっ」

残念だったけど、私はあっさり引き下がった。

体調の悪い和子さんを屋敷にひとりきりにしているのだ。油を売ってはいられない。

それに、すでに日が沈みかけている。早く帰って用意をしないと、隆清さんが帰ってきてしまう。

早足で歩いていると、通りの角にある食堂から五、六人の男の人が出てきた。

まだ夕方なのに、すでにお酒を飲んでいるみたい。しかもけっこう出来上がっている。

危なっかしい千鳥足でよちよち歩いていた彼らは、角を曲がって出てきた誰かとぶつかった。

目を凝らすと、その人は日本髪の女性だった。黒っぽい着物に、金色の帯を締めている。

持っていた風呂敷が地面に投げ出され、結び目から三味線の部品が飛び出して見えた。芸妓さんだろうか。

彼女はよろよろと倒れ、男たちに囲まれてしまった。

「あっ、あいつらっ」

酔っぱらいたちは風呂敷を拾うこともせず、芸妓さんに因縁をつけている。

「ちょっと成敗してくるね！」

買い物かごから出ていた白ネギを竹刀の代わりに持ち、駆けだそうとする。

しかし相模さんが、がしっと私の腕にしがみついてきた。

「いけません奥様！」

「なんでよ。あのままじゃ危ないわ」

芸妓さんはしりもちをついたまま青い顔をしている。

周りの大人は見て見ぬふり。情けない。

「奥様がお怪我をなさいます。警官を呼んできましょう」

「そんな悠長な」

一刻も早く助けてあげないと。

必死の形相でしがみついてくる相模さんを仕方なく振りほどこうとすると、左の方から何人かの足音が近づいてきた。

「そこの者ども！　なにをしている！」

現れた男たちに、野次馬が歓声をあげた。

枯葉色の軍服は、紛れもなく帝国陸軍の制服だ。

彼らは酔っぱらいの群れに近寄る。酔っぱらいは彼らに襲いかかった。

揉み合いの乱闘の中、一際大きな軍人さんが、芸妓さんに手を貸して立たせ、安全なところまで避難させた。

「あ、あれ隆清さんだわ！」

ずれた軍帽を深くかぶり直した彼は、「なにを手こずっている！」と大きな声で怒鳴る。

敵も味方もびくりと震える大音声。

彼は素早く酔っぱらいに近づき、手刀で首の裏を打ち、ひとり気絶させた。

近くにいたもうひとりを部下から奪うと、着物の襟を摑み、勢いよく背負い投げする。

隆清さんの勢いに活気づいたのか、部下たちも酔っぱらいを押さえつけ、あっという間に全員を捕縛した。

「まあ……実戦もお強いのね」

私は遠くから、部下に指示を出す彼の姿を見つめていた。

隆清さんは戦略を立て、戦場で指揮をする側だから、あのような戦闘はできないの

では と思い込んでいた。

「ご主人様は幼年学校ではどの訓練も一番の成績でしたから」

誇らしげに胸を張る相模さん。

「ああ、そっか。当然武術の訓練もあるわよね」

お仕事をしている隆清さんを初めて見た私の胸は、トクトクと早く脈打っていた。

女性を助ける彼も、酔っぱらいを投げ飛ばす彼も、信じられないくらい男前だった。

「いいぞー、色男!」

野次馬から声が飛ぶも、隆清さんは眉ひとつ動かさない。

あの冷静さと、敵に対する激しさが、鬼と呼ばれる所以なのだろう。

声をかけたいけど、忙しそうだしやめておこう。

隆清さんは、部下の前で個人的な部分をあまり見せたくないみたいだし。

芸妓さんも青い顔をしつつ、隆清さんに近づこうかどうか逡巡しているように見えた。お礼を言おうと思うのだろう。

しかしピリピリした隆清さんの雰囲気に圧倒されたのか、結局そそくさと隠れるように去っていった。

とりあえず、彼も芸妓さんも怪我などしなかったみたいでよかった。相手が刃物などを持っていたら、大変なことになるところだった。

「無事でよかった。行きましょうか」

「そうですね」

相模さんがうなずく。そのとき、彼女の背後から奇声が聞こえてきた。

「見つけた！　有坂様！」

それは奇声ではなく、やけに甲高い女性の声だった。

驚いて振り返りかけた相模さんの横を、風のようにひとりの人物が早歩きしていく。

前髪をひさし髪にし、後ろ髪は降ろしている。大きなリボンに、仕立てのいい着物。

光る革靴をつかつかと鳴らした彼女は、他の軍人には目もくれず、隆清さんに近づいていった。

「な、なんなのあの人」

呆気に取られて目をしばたかせていた相模さんが、「あっ」と声をあげた。

「あの方は、二条院《にじょういん》中佐の娘、晶子《あきこ》さんです」

「中佐って、まさか」

「海軍中佐の娘さんで、奥様の前にご主人様の花嫁候補だった方です。といっても、あちらから一方的にご主人様に言い寄っていただけですが」

相模さんは腕まくりをして、隆清さんに詰め寄る晶子さんに大股で近づいていく。

ここからではなにを話しているかまではわからないけど、彼は無表情のまま。

仕方なく私も相模さんのあとを追った。

「有坂様、この私というものがありながら、他の方とご結婚されたというのは本当ですの？」

「任務の邪魔だ。帰ってくれ」

つれない隆清さんの横を、酔っぱらいたちを連行する部下が通っていく。

「お父様はそれはそれはお怒りよ。そのうち降格されたって、知りませんからね」

海軍中佐の父を持つお嬢様。

間違いない。相模さんの言う通りだ。

この子、私と隆清さんが出会う前、彼に言い寄っていた華族の令嬢だわ。

お父さんは海軍中佐で、隆清さんを気に入っている。

天才と呼ばれる彼と娘を婚姻関係で結ぶことで、軍隊での権力を盤石のものにしようとしていたんだっけ。本当かどうかは知らないけど、片岡さんはそう思っているみたいな口ぶりだった。

そして、隆清さんはあまり大きな権力に興味はなく、その結婚を断りたがっていた。

今にも彼に殴りかかりそうな彼女の肩を、相模さんがとんとんと指でつついた。

「晶子様、このような場所で殿方の任務の邪魔をするなど、言語道断。二条院家の恥になりますよ」

晶子さんは振り向きざまに相模さんの手を払い、キッとにらんだ。

「あなたどなた?」

私が言うと、「あんた誰よ」になるんだろう。

真珠のようなきめ細やかな肌。零れそうなくらい大きな瞳に、ツンとした高い鼻。

「な、なんという美人……!」

思わず賛辞を贈ってしまうくらいの美貌。着物に隠れているけど、お胸もたっぷりありそうに見える。

「思い出した。あなた、有坂家の侍従ね。そちらは、お嫁に来た女性が連れてきた下女かしら?」

嫌味たっぷりにこちらを見る晶子さん。

下女? って、私?

髪こそ耳隠しにしているけど、着物に割烹着、片手には白ネギ。

化粧っ気もないので、下女に見えても仕方ないけど、ちょっと悲しい。

「俺の妻に無礼な言動をするのはやめてくれないか。それだけの用なら、こちらに話すことはなにもない。失礼」

「俺の妻って……ええ？　ちょっと、有坂様！」

隆清さんはそれ以上私たちに構わず、隊列の最後尾についてその場から去っていった。

いつの間にか野次馬たちもいなくなり、辺りはすっかり事件前の風景に戻る。

私と相模さん、晶子さんの三人だけが食堂の前で立ち尽くしていた。

「あなたが、彼の結婚相手？」

じろじろと頭のてっぺんからつま先まで見られ、私はとりあえずネギを買い物かごに入れた。

「どこのお嬢さん？　お父様の階級は？」

色々質問されるけど、私はお嬢さんでもないし、お父さんに階級なんてないので、答えようがない。

「この方は軍とは無関係の、民間の方です」

「じゃあ、どこの財閥？　あ、もしや社長の娘さんとか？」

明治の世から、新たな商売が続々と出てきているけど……残念ながら、そのどれでもない。

せっかくの相模さんの援護射撃も、虚しいままに終わってしまった。

「私……」

「うん？」

「私の親は、剣術道場をしていて」

「へえ、そう。何流？」

「名乗るほどの流派では……」

口ごもると、晶子さんはフンと鼻を鳴らした。

「要するに、本当に普通の子ってわけね」

彼女の普通がどういうことかわからないけど、きっと予想よりももっと格下の娘であることは、いちいち言わなくてもいいだろうか。

学校に通えず、家のために働くしかない人間がいることを、晶子さんは考えたことがあるのかしら。

「まあいいわ。今日はこれから用事があるから、帰るわね。ごめんあそばせ」

彼女はくるりと踵を返し、来た方向へ靴を鳴らして去っていく。

どんなにひどい罵声を浴びせられるかと思っていた私は、あっさりした彼女の態度に安堵した。

私には興味などないってことね。ううん、戦うまでもないって感じかしら。

晶子さんのお父さんが権力を行使して、隆清さんを遠い地に左遷するなんてことになったら。降格されちゃったら。

そう考えたら、私と結婚していていいことなんて、彼にはない。

いったい彼は、なにを思って晶子さんとの結婚を断ったのだろう。

彼女は女の私も見惚れちゃうくらい美人で、気品がある。気も強そうで、軍人の妻にぴったりだ。

あんなに冷たい対応をするってことは、本当は過去、晶子さんと隆清さんの間に私には言えない何事かがあったのでは？

私は彼の妻といっても、まだ正式な夫婦ではない。女性として見られている気がしない。

颯爽とした晶子さんの後ろ姿をぼんやり眺めていると、相模さんに腕をつかまれた。

「行きましょう、奥様。今は奥様が正式な奥様なのですから、あの方に気後れすることはございません」

珍しく相模さんが、私に気を遣ってくれる。

以前なら、「晶子さんを見習いなさい。晶子さんが奥様ならよかったのに」とか平気で言いそうだったのに。

「ありがとう。相模さん、大好きよ」

彼女は少しずつ、私に気を許してくれているのだろう。

ぴったり寄り添うと、相模さんは頬を少し染めた。

「そういう行動はご主人様にしてくださいませ」

そういえば、隆清さんにはこういうことをしたことがない。

手さえ、自分から繋いだことはない。

だって、恥ずかしいんだもの。

私と相模さんは気分を取り直し、キャラメルを買って食べながら帰った。

一粒あげると、相模さんはそれを口の中に放り込み、「おいしゅうございますね」

と言い、ニヤリと笑った。

帰ってきた隆清さんは、いつもの隆清さんだった。

やっぱり鬼なのは任務中だけで、帰ってきたら普通の人なんだわ。

「お帰りなさい。さっきお会いしたけど」

私は和子さんが体調を崩して休んでいること、相模さんとふたりで食事を作ったことを話しながら、一緒に食卓についた。

「うん。演習場から移動していたところだったんだ。あんな時間から酔っぱらいがいるとはな」

彼は晶子さんのことなどなかったような顔をしている。

あんまり触れられたくないのかな……。

「この味噌汁、いい味だ。君が作ったのか？」

「……みそ……」

「寧々さん？」

名前を呼ばれてハッとした。思考が晶子さんに会った時間に旅立っていたみたい。

「あ、そうなの。相模さんに教えてもらって……今日は品数が少なくてごめんなさい」

「どうして謝る。とてもおいしい。毎日これでいいくらいだ」

焼き魚と具だくさんの味噌汁とご飯に、漬物と冷奴が添えてあるだけ。

だけど彼はおいしそうに食べてくれる。

「よかった」

他にも色々話したいことがあったのだけど、結局言い出せなかった。

私はゆっくりお味噌汁に口をつけた。

彼も素朴な食事をゆっくり味わっていた。


夕食後、寝つける気がしなくて、私は庭で夜空を見てぼんやりしていた。

和子さんがお休みなので、今日は銭湯に行こうということになった。けど、私は冷たい水で清拭をすることに慣れているのでと、辞退した。

というわけで今は隆清さんだけが銭湯に行っている。そのせいか屋敷の中はとても静かだ。

有坂家の庭は広く、縁側はないものの、椅子がある。

昔隆清さんのお祖母さんが、庭でバラを愛でながら紅茶を飲むために買ったらしく、小さなかわいらしい白いテーブルとそろえて置いてある。

そこに肘をつき、星空を眺める。

たまにはひとりでぼんやりするときがあってもいいわよね。

なんか、色々考えすぎて疲れちゃった。

気を抜くと、晶子さんの紅顔が脳裏に浮かぶ。

彼女、隆清さんに結婚を断られたこと、すごく怒っているみたいだった。

自分が彼の妻に選ばれて当然だと思っていたのだろう。

そりゃそうだ。あんなに綺麗で、しかも親御さんもすごい人だもの。

権力争いに巻き込まれたくないという隆清さんの気持ちはわかる。

でもそうして晶子さんと結婚をしなくても、結局恨まれて、彼の仕事を邪魔されたら意味がない。

海軍と陸軍だから、直接的に人事に働きかけることはできないかもしれないけど、間接的に圧力をかけてきたりするかも。

ああ、いやだ。夕方からずっと、同じことばかりぐるぐる考えてる。考えたって、どうしようもないのに。

ふうと深いため息を吐くと、肘をついたテーブルが少しだけ揺れた。

「なにをしている？」

優しく降ってきた声に、私は顔を上げた。

そこには、銭湯から帰ってきた着物姿の隆清さんがいた。

「今日は、元気がないみたいだな」

彼は私の向かい側に置いてあった椅子を動かし、すぐ横に座った。

顔を覗き込まれ、思わず視線を泳がせてしまう。

「そんなことないわ」

「嘘だね。今日は夕食を少ししか食べなかった。君が食べられないときは、元気がないときだ」

彼は自信満々に言い切る。

私……すっかり、ただの食いしん坊だと思われているのね。

「はい、口開けて」

「え？」

「いいから」

言われるまま口を開けると、ぽいとなにかを放り込まれた。

口を閉じて舌の上で転がしたそれは、とろりと溶けてなくなっていく。

「ふわあ……」

甘いけれど、飴でもあんこでもない。昼間食べたキャラメルとも違う。

不思議な風味だけど、おいしい。いくつも食べたくなってしまう。

思わず頬を緩めた私に、彼は微笑みかけた。

「チョコレートだ」

「これが噂の！」

キャラメルの隣に売っていた、茶色のチョコレート。こんな味がするのね。

「少しは元気になったか？」

からかうような笑い方に、ムッとした。

おいしいものを与えれば、私の機嫌が直るとでも？

別のことで考え込んでいるなら、チョコレートひとつで忘れちゃうかもしれないけど、今回はだめなんだから。

「おいしかった。でも」

「元気にならないか。どうしたらいい。黙ってじっとしている君を見ていると、胸が騒いで仕方ないんだ」

眉を下げた彼を見上げる。

どうも、私はいつも能天気に動き回っている印象が強いらしい。

「私だって、考え込むことくらいあるのよ」

「お義母さんの病気のことか？」

「違います。夕方に会った、晶子さんという方のことです」

隆清さんの目が一瞬泳いだ。やっぱり、彼女となにかあるんだ。

「そんな名前だったか。よく知ってるな」

彼の返答に、私は椅子から転げ落ちそうになった。

あんな綺麗な人の名前を忘れる？

いいえ、騙されちゃいけないわ。隆清さんは大した役者なんだから。

「どうしてあんなに素敵なお嬢さんを振ったの？」

「どうしてって……言っただろ。あの人の父親が嫌いなんだよ。権力が大好きな人なんでね」

「じゃあ、晶子さん本人のことは嫌いじゃないのねっ」

思っていたより大きな声が出てしまい、彼は目を丸くした。けれど、一番驚いているのは自分だった。

なに言ってるの。これじゃケンカをふっかける酔っぱらいと変わらない。

「嫌いというか、苦手だね。なんでも自分の思い通りにならないと気が済まないみたいだし」

隆清さんの顔から笑顔が消え、無表情になる。

「え……そう？」

「あの人が俺になんて言ったか覚えているか？」

私は夕方のことを思い出す。

晶子さんの存在自体に圧倒されてしまったのか、少し距離があったからか、なにを言っていたのか詳しくは覚えていない。

首を傾げる私に代わり、彼は自分で答えを提示した。

「『この私というものがありながら、他の方とご結婚されたというのは本当ですの？』って言ったんだよ。あの人は」

「はあ」

「どうやら自分を至高の存在だと思っているらしい。父親と同じ思考だよ。気に入らない」

すごい剣幕で隆清さんに詰め寄っていると思ったら、そんなこと言ってたのね。

隆清さんはそのことを思い出したのか、眉を下げて肩をすくめた。

「だって、事実綺麗なんだもの。頭もよさそうだし、家柄もよくて、向かうところ敵なしじゃない」

足だって、とんでもなく速かった。

お胸も、動くたびにゆさゆさ揺れていた。

「私が勝てるところなんて、ひとつもないわ。世の中の不公平さに嫌になっちゃった」

私だって、両親は変えたくないけど、もう少しお金がある家に生まれたかった。それに、父より、母に似たかった。母は今こそ疲れ切っているけど、若い頃はそこそこかわいかったらしい。

なんと言っても、ちゃんとした教育を受けたかった。

ただの元気自慢だけじゃ、隆清さんの役に立てない。

なんでもかんでも持っている晶子さんみたいな人を目の当たりにしたら、さすがの私も落ち込むわよ。

「勝ち負けなんて意味ないだろ。彼女は彼女、君は君だ」

「うん……」

そうよね。私だって、いつもならそう思って気持ちを切り替えていた。

なのに今日は、ずっとモヤモヤしている。

「俺は、ああいう気位の高いお嬢さんより、自然体で明るい君が好きだよ」

うつむいている私の頭頂部に降ってきた言葉に、思わず顔を上げた。

なんですって。今、なんて言ったの。

目を剥く私に、彼は月光のようにささやかに笑いかける。

「好きだよ、寧々さん」

彼は私の目を真っ直ぐ見て言った。

胸を撃ち抜かれたみたいに、息が止まりそうになる。

そして、唐突に気づいた。

「隆清さん……」

私、いつの間にか隆清さんをうんと好きになっていた。

最初から素敵な人だと思っていたけど、結婚の日に落胆した。

彼は結婚など、望んでいなかったから。

じゃあ、私だって好きにさせてもらう。別に平気だ。そうやって、虚勢を張った。

そう、虚勢だったのだ。

だって彼は、私の初恋だった。絡んでくる男子学生を追い払ってくれたあのとき、私は彼に一目惚れした。

だから本当は、彼の花嫁になれて、うれしかった。

隆清さんが相手だと知って、すぐに実家に帰ってやろうという気持ちは消滅しかけたんだ。

だけど彼はつれなかった。

私だけ彼を想っているのはつらいから、どうだっていいふりをした。

でも、本心は違った。

隆清さんは私のことなどどうでもいいはずなのに、相模さんのしごきから庇ってくれた。両親に優しくしてくれた。

それだけでもじゅうぶんだった上に、彼は自分から「夫婦になろう」と言ってくれたのだ。

あの日から彼は私に優しくするだけでなく、自分の心を開いてくれているような気がする。

気持ちの距離が近づくたび、私はより一層隆清さんのことを好きになった。

ただ、自分の気持ちを認めるのが怖かった。

隆清さんが自分を望んでいるという自信がなかったから。

いつか彼に本命の女性ができて、離婚の運びになったりしたら、立ち直れないから。

「わ、私も……」

勇気を振り絞ってそれだけ言うと、彼はにっこりと笑った。

私の臆病者。ちゃんと好きって言わなきゃいけないのに。

「それはよかった。安心した」

頬が熱くて、頭がぼんやりしてきた。くらりと脳が揺れる。

「寧々さん？」

視界が歪み、耐えられなくて目を閉じた。

テーブルに突っ伏す私の額に、隆清さんのひんやりした手が押しつけられる。

「熱があるみたいだ。流行りの風邪かな」

彼が呟く。

もしや、和子さんも疲労じゃなくて風邪なのかしら。

ってことは、相模さんにもうつっている可能性がある。隆清さんもだ。

「早く寝よう」

ふわりと体が宙に浮く感覚に驚いて目を開けると、隆清さんの端正な顔がすぐ近くにあった。

横抱きにされているのだとわかった瞬間、余計に熱が上がった気がする。

彼は早足で私を寝室に連れていき、ベッドに寝かせてくれた。

嘘みたいに軽やかな身のこなしに、やっぱり彼は男の人なんだなあと感じる。

隆清さんが離れても、心臓がうるさいくらいに高鳴っていた。

「寝られそうか？　医者を呼ぼうか」

「いいえ、大したことないわ」

お父さんが言ってたもの。熱は夜上がるものだって。一晩寝てよくなることがほとんどだから、私は医者にかかったことがない。

……ん？　もしかして、貧しかったから、節約のためにそういう暗示をかけられただけ？

まあいいや。少し頭痛はするけど、喉は痛くないし、咳も出ない。眠ればよくなるだろう。

「そうか。そうだ、熱冷ましならあったかもしれない」

「えっ？」

彼は壁際の棚の引き出しから、なにかを取り出した。

「まだ残っていた。これで今日はしのごう」

隆清さんの手に握られていたのは、昔懐かしい印籠だった。

黒光りする漆塗りの本体に、金の蒔絵で描かれた家紋が浮かび上がる。

その中から取り出した薬包を渡され、私は上体を起こした。

彼が用意してくれた水で、それを飲む。

「ありがとう。印籠なんて、久しぶりに見たわ」

祖父が持っていた気がするけど、実家に残っているかどうかは不明だ。

彼はそれを私に見せ、懐かしそうに目を伏せる。

「これは祖母の形見なんだ。シベリアにも持っていった」

「そうなの」

「君にあげるよ。薬でもお菓子でも、好きなものを入れておくといい」

「えっ？」

彼はなんの未練もなさそうに、印籠を私の手のひらにぽんと乗せた。

「いけないわ。大事なものなんでしょう？」

「だからだよ。祖母が『隆清がお嫁さんをもらったらこれをあげるの』って言っていたのを、今思い出したんだ。これは有坂家の嫁に代々受け継がれてきたものだから」

白無垢と一緒に贈っておけばよかったんだけど、と彼はつけ足した。

最初は結婚に無関心だったので、引き出物や衣装の件は片岡さんに一任していたと彼は言う。

片岡さんも印籠のことは忘れていたのか、あるいは知らなかったのだろう。

「そう……ありがとう。大事にする」

これをくれたってことは、彼は私を本当の妻だと認めてくれたってことよね。

好きだと言ってくれた彼の言葉を噛みしめる。幸福感が胸を満たした。

「うん。さあ、おしゃべりはおしまいだ」

彼は私を横にすると、さっと灯りを消してベッドに入ってきた。

「うつるといけないから、私がどこかに行くわ」

「なに言ってるんだ。いつもより温かくて心地いいくらいだよ。なにも気にしないで寝なさい。おやすみ」

彼が優しく頭を撫でるから、瞼が素直に覆いかぶさってくる。

その瞬間、唇に柔らかくて温かいものが触れた。

彼の長いまつ毛が、私の視界に影を落とす。

わ、私今、隆清さんに口づけされてる……！

混乱が高鳴る鼓動を上回り、訪れた眩暈に身を任せた。

私はもらった印籠を抱きしめたまま、眠りについた。

もう鬼にはしない

結局熱を出したのは私と和子さんだけだった。

もらった薬が効いたのか、私はぐっすり眠り、翌朝には元気になっていた。

「二日もお休みをいただいて、申し訳ありません」

和子さんは大事をとって、二日休んだ。

もう熱も下がり、他の症状もなくなったらしい。ひどくならなくてよかった。

「いいのよ和子さん、気にしないで」

風邪は拗らせたら怖いものね。

朝食の時間に頭を下げた和子さんに、隆清さんも淡く笑いかける。

その笑顔は、見る者を魅了してしまう不思議な力を持っていた。

「じゃあ、行ってくるよ」

「お気をつけて」

軍服を纏った隆清さんを玄関で見送る。

いつもはそのままスタスタ外に出ていく彼だけど、今日はふとこちらを振り返った。

なにか忘れ物でもしたのかしら。

首を傾げる私に近づいた彼は、不意に顔を寄せてきた。

逃れる余裕もなく後頭部を支えられた私は、相模さんたちの面前で唇を奪われてしまった。

同じような場面でおでこに口づけはたまにあったけど、唇は初めてだ。

「行ってきます」

彼は放心する私の肩をぽんぽんと軽く叩き、出かけていった。

昨夜のことは、夢じゃなかったみたい。

「いつの間にか、一層仲睦まじくおなりになって。けっこうなことです」

「へ、へへ……」

相模さんが咳ばらいをしてそんなことを言うので、恥ずかしさが倍増する。

仲睦まじくって……違うのよ。つい最近、やっと口づけをしただけで、その先には行っていないの。

とは言えず、曖昧に笑って返した。

一週間経っても、隆清さんと私の間は、清いままだった。

好きだと言われ、私もと返したものの、口づけ以上の進展はない。

もしや、彼の「好き」は男女間の愛情のことではなかったのかしら。

なんて考えてモヤモヤしたときは、庭で素振りなどをした。

「わあ、おいしそうにできた！」

窯から出した鉄板から、甘い匂いが漂う。

今日は自宅で洋菓子を作ってみようと思い立ち、朝から材料を捏ねたのだった。

相模さんや和子さんと一緒に台所に立つことが多くなり、料理の基本を覚えた私は、すぐに普通の料理では物足りなくなっていた。

数日前に洋菓子を作ろうと思い立ったはいいものの、さすがの相模さんも和子さんも、作り方を知らない。

それならばとカフェーに突入し、店員さんにどうやって作るのか聞いてみた。

店員さんは『ご家庭では難しいですよ』と言いながら、教えてくれた。

どうせできないでしょ、みたいに言われると燃える性質の私。ただし、興味のあることに限る。

私はまず庭に煉瓦を積み、自分で窯を作った。このとき、隆清さんも手伝ってくれた。

材料が手に入りにくいものばかりだから、私にしては慎重にやったつもりだ。そのかいあってか、外見はカフェーで見たものと似せることができた。

「私はこの匂いが嫌いですよ」

相模さんは「乳臭い」と鼻をハンカチで覆う。

ちなみに今作ったのは、クッキーなる洋菓子。まだ一般的に広まってはいない。ワッフルは専用の鉄板がないと難しいし、シュークリームやエクレアに挟むクリームは、冷蔵庫がないと保存が難しい。

有坂家にあるのは氷冷蔵庫で、お菓子工場やお店が使っているような電気式ではない。そこまで冷たくならないので、バターや牛乳も夏場は注意が必要だ。

「お料理に興味を持っていただけて、うれしゅうございます。しかし他のお勉強も」

「やるやる。あとでやるから。みんなでお茶にしましょ」

注意して焼きたてクッキーを鉄板ごと台所に運び、お皿に盛った。

「使用人とお茶する奥様は、奥様だけですよ」

「いいじゃない。私は希少価値が高い奥様ね」

和子さんはウキウキした様子で、珈琲豆を挽きはじめる。

そのとき、外から声が聞こえた。呼ばれているみたいだ。

「誰か来たのかしら」

「私が見てまいります」

さて、誰かしら。酒屋さんの御用聞きかな。

隆清さんはお友達が少ないらしく、来客はほとんどない。

うちに来るのは用がある業者さんか、郵便配達員か、たまに片岡さんか。

のんびり和子さんとお茶の支度を進めていると、相模さんがバタバタ走って戻ってきた。

「奥様！　大変でございます！」

「はい？」

「あの女が……！　奥様と会うまで門の前から動かないと言っております」

「あの女って？」

息を整えた相模さんが、眉をつり上げて言った。

「海軍中佐が長女、二条院晶子様です！」

「ええー！」

予期しなかった敵の襲来に、私たちは狼狽えた。

この前の態度といい、晶子さんが私たちと友好的な関係を築こうとしているとは思えない。

「なによう、いきなり……」

相模さんも色々な言い訳を使って追い払おうとしたけど、彼女は銅像のように動かないらしい。

わざわざ隆清さんがいない時間を狙ってきたのは明白。

いったいなにを言われることやら……。気が重いなあ。

早く帰ってもらおうと、割烹着のまま渋々玄関から外に出た私に、腕組みした晶子さんは威圧的に言う。

「ごきげんよう。あら、また割烹着？　どういう感覚の持ち主なのかしら。とにかく開けてくださる？」

細い鉄棒でできた門扉の前に、彼女が立っている。背後には、屈強な洋服姿の男たちが彼女を守るように立っていた。

「どのようなご用件でしょう」

「込み入った話になるわ。入れてちょうだい」

なんで命令口調なのよー。人の家に上がりたいなら、事前に連絡してよー。

と言ってやりたかったが、ここで言い返しても面倒なことになる予感しかしないので、とりあえず彼女を中に入れることにした。

晶子さんはお供の男たちに、門の前で待つように指示をする。

「ええい、仕方ないわ」

私は彼女をテラスに招き、和子さんに珈琲と焼きたてのクッキーを出してもらった。

相模さんと和子さんは、私の後ろに控えている。

「どうぞ、自家製ですが……」

「ありがとう」

お礼を言ったものの、晶子さんは手をつけようとはしない。

「ところで、お話とは？」

早く用を済ませて帰ってもらいたい。

私から切り出すと、彼女は珈琲に角砂糖を入れ、スプーンでかき混ぜながら言った。

「単刀直入に言うわ。有坂様とお別れして」

私はぽかんと口を開けて固まってしまった。

そういうことを言うために来たのであろうなとは思っていたけど、さすがにびっくりした。

「……いったいどうしてそのようなことをおっしゃるのです？」

別れればいいのに！　って思っても、普通は本人に直談判しに来ないわよね？

「有坂様がかわいそうだからよ」

珈琲をかき混ぜていたスプーンが止まった。

渦を巻いている黒い水面が、私の心を表しているみたい。

「どういうこと？　うちの実家が貧乏だから？」

「そうよ。あなたとの結婚で有坂様の利益になることはひとつもなし、むしろ負担が増える一方だわ」

バッサリ切り捨てるように言った彼女は、冷たい目で私を見た。

「あなたやあなたのご両親が得することばかりで、有坂様の負担が増えている」

その通りすぎて、反論できない。

晶子さんは私の周辺のことを調べ回ってから突撃してきたのだろう。

私の精神を傷つける言葉を巧みに選んで、凶器のように突きつけてくる。

「でも、私からお願いしたことはひとつもありません。そもそも縁談を持ちかけてきたのは隆清さんの叔父の」

「片岡殿でしょ。あれはなかなかの食わせ者よ」

反撃はすぐに封じられた。

黙っていると、晶子さんは澄ました顔で一方的な話を続ける。

「片岡殿はね、有坂様の力を削いで、有坂家を乗っ取るつもりよ」

「えっ？」

「二条院家と繋がれば、有坂様はいずれ陸軍大将にまで上り詰められる。有坂家の力は今の比ではなくなるわ」

いくら伯爵家と言えど、明治から大正になり、だんだんと華族の権力は縮小されてきている。

今は陸軍大尉として頑張ってくれているけど、それだけではこの大きな屋敷を維持できなくなる日が来るかも。

「私との縁談を蹴って、お父様を怒らせた。お父様は有坂様を左遷……いいえ、陸軍にいられなくするかもしれないわ」

「そんな」

二条院家は、政府にも軍にも顔が利くのだという。

晶子さんのお父さんが一声かければ、軍人のひとりやふたり辞めさせるのは簡単らしい。

「下手したら、またシベリア送りになるかもね」

自分の顔から血の気が引いていくのを感じる。

戦争が終わっても、日本軍はシベリアから撤退していない。今も不毛な戦いを続けている。

隆清さんは生き延びたけれど、現地で亡くなった日本兵も大勢いるらしい。

もし彼がシベリア送りになり、命を落とすようなことがあったら……。

ぞくりと肌が粟立つ。

「それを機に、片岡殿は有坂家を乗っ取るのよ。これは周到に用意された作戦だわ」

「そんなの嘘よ」

いくら晶子さんのお父さんが怒ったとしても、本当に隆清さんが陸軍を辞めさせられると決まったわけじゃない。はったりの可能性もある。

陸軍にももっと偉い人がいるはずだし、その人たちが素直に海軍の言うことに従うかしら？　しかも、娘が結婚してもらえなかったなんて理由で。

でも……できないとも限らない。

「嘘じゃないわ。お父様は有坂様に再三忠告をしているもの。でも彼は無視している。だから余計にご立腹よ」

忠告とは、「自分の言うことを聞かなくては、陸軍にいられなくなるぞ」といった類のものだろうか。

それはもはや忠告じゃない。脅迫だ。

「このままだと片岡殿の思惑通り、有坂様は軍を辞めさせられるかシベリアへ逆戻り、有坂家は乗っ取られる。かわいそうだと思わない？」

かわいそうって言うか……。

なんと返事をしたらいいかわからず、黙って晶子さんを見返した。

彼女は私を憐れむように見る。

「あなたもかわいそうね。片岡殿に利用されて」

利用された？　私が？

呆然とする私に、晶子さんはさらに追い打ちをかける。

「かつて私と有坂様は愛し合っていたの。それを片岡殿があることないこと彼に吹き込んで、別れさせられた」

「なんですって」

隆清さんと晶子さんが、愛し合っていた？

「嘘ですよ、奥様。騙されてはいけません」

たまりかねたように、相模さんが口を出した。

彼女が口を挟みたくなるのもわかる。

だって相模さんは、片岡さんから私が妻の務めを放棄しないか、見張る役を請け負っているんだもの。

いや待てよ。

あのとき相模さんは、隆清さんが有坂家の財産を相続したとき、身内で揉めたって言ってたっけ。

片岡さんももしかすると、有坂家の財産を狙っている？　それを隠すために、献身的な叔父を演じている？　そんなまさか。

「下女はお黙りっ。お前ごときが知らなくて当然のことよ」

相模さんをにらんで恫喝する晶子さんは、まるで鬼のよう。

「私と彼が出会ったのは、二条院家のパーティーよ。そのとき彼は私を見初め、バルコニーに誘って愛を囁いてきたわ」

そのときの光景を思い出すように、うっとりする晶子さん。

バルコニーで愛を……西洋のお姫様と王子様の物語みたい。

美男美女が着飾り、ワインを飲みながら語り合うのか。似合う、似合いすぎる。

「というわけで、早くお別れしなさい。まだ懐妊もしてないうちがいいわよ」

彼女は私のぺたんこのお腹をじろじろ見て命令した。

な、なんなのこの人。さっきから黙って聞いていれば、失礼な。

特に相模さんを下女だなんて呼んで見下すのが気に入らない。

自分を高貴な人間だと思い込んでいるようだけど、本当に高潔な人は、他人を見下したりしない。

「あの面倒くさがりの隆清さんが、人がたくさんいるパーティーで積極的に女性を誘い、バルコニーに連れ出したりするかしら」

ぼそっと呟くと、晶子さんは声を荒らげた。

「私が嘘を吐いているって言うの。彼はシベリアに行って変わってしまったのよ。極寒の地で、心が凍ってしまったんだわ。そこを片岡殿につけ込まれたの」

シベリア……たしかにあの戦争は、彼の人生の転機だったかもしれない。

私には想像もできないほど大変な思いをして、戦争前とは性格が変わってしまったのかも。

でも、彼の心は凍ってなんていない。本当の隆清さんは、優しくて温かい人だ。

「嘘ですよ。ご主人様は、ずっとあのような感じでした。結婚に興味もなく」

「お黙りったら！」

口を挟んだ相模さんに、晶子さんは立ち上がりざま、持っていたカップを投げつけた。

私は咄嗟に相模さんの前に出た。ぱしゃりとかかった珈琲が割烹着にシミを作る。

「奥様！」

「大丈夫よ」

割烹着をすぐに脱ぎ捨てたら被害は最小限。

私はシミになった割烹着を丸め、テーブルに叩きつける。

大きな音がし、晶子さんは一瞬怯んだような表情を見せた。

「お帰りください、晶子さん。もうお話することはありません」

彼女の話が真実なのか、作り話なのか、ここではいくら聞いてもわからない。

なにより、私の大事な人たちに害を与えようとするのを見過ごすわけにはいかない。

私は有坂家の嫁だ。この家と相模さんたちを守る義務がある。

「彼のために早く別れなさいよ」

「それは隆清さんが決めることです。直接彼がいるときに来て話をしたらいかが？」

「あの人は片岡殿に洗脳されているのよ」

「本当に愛し合った仲なら、あなたの愛で目を覚まさせてあげたらいいのでは」

売り言葉に買い言葉。

しばらくにらみ合ったあと、晶子さんはぷいと顔を背けた。

「バカな人。私は親切に忠告してあげたのに」

晶子さんは大股で玄関に向かって歩いていく。私は見送りもしなかった。

家の外で馬車が走り出す音がして、相模さんが私の体を確かめるように見る。

嵐みたいな人だったな。もう来ないでほしいわ。

「奥様、やけどは」

「あんなぬるい珈琲でやけどするものですか。割烹着がかわいそうだけど」

「私、洗ってきます！」

和子さんが割烹着を持って走っていった。

すぐに洗えば白く復活するかもしれない。ありがたい。

「ああ、顔じゃなくてよかった……。奥様、私はなにをされても平気なので、もうあのようなことはおやめください」

「別に庇うつもりじゃなかったの。自然と体が動いただけで」

「あなたというお人は……」

相模さんはホッとしたような、気の抜けたような顔で、深いため息を吐いた。

「あの方の言うことはでたらめですよ。どうかお気になさらず」

「うん、ありがとう。珈琲を入れ直して、お茶にしましょうか」

「はい」

相模さんがお盆にカップを乗せ、台所へと消えていく。

私は椅子に座り直し、天を仰いだ。

晶子さんの言葉には、虚構も混じっていたかもしれない。

でもたったひとつだけ、真実に違いないことがあった。

『あなたとの結婚で有坂様の利益になることはひとつもなし、むしろ負担が増える一方だわ』

晶子さんの刺すような声音が耳の中によみがえる。

わかっていた。甘えすぎだとも思っていた。

「けど、ああもハッキリ言われちゃうとなあ……」

隆清さんのことが好き。離れたくはない。

でも、私がそばにいることで、彼が不幸になるのは耐えられない。

「どうしたらいいのよ」

脳の許容量が限界突破しちゃう。もうなにも考えたくない。

相模さんたちが戻ってくるまで、私はテーブルに突っ伏していた。

晶子さんの前では気丈に振る舞うことができたものの、落ち着いてから言われた言葉を反芻していると、無性に腹が立ってきた。

相模さんもだいぶお怒りなのか、黙って写経をしている。精神統一しているのかもしれない。

私はその隙を見て、外出することにした。

和子さんに夕食の支度を任せ、私は道着で出かけることに。

「むしゃくしゃしたときは運動が一番！」

昔から、竹刀を振っているときは無心になれた。嫌なことがあれば、近所を走って憂さを晴らした。

だからほとんど深く悩むことをせず、ここまで生きてこられたのだ。

門の外へ出て、あてもなく走り出す。

駅の方へ行くときらびやかな街に出るけれど、反対方向を見上げれば、遠くに山がハッキリ見える。

私は山の方へ向かった。すれ違う人に奇異の目で見られることもあったけど、気にしない。

実家にいるときは、海岸まで走っていって、寒稽古をしたものだ。家を出るときは憂鬱だけど、帰りはいつも気持ちがスッキリしていた。

民家が並ぶ道を通り過ぎると、さらさらと川が流れる音が聞こえてくる。

「いいところがあるじゃない」

私は橋の真ん中で止まって、川を眺めた。

両端に桜の木が立ち並んでいる。春になれば、それは素晴らしい景色になるだろう。

私は土手を下り、川に沿って再び走ることにした。

ここならほとんど人も通らない。集中できる。

波立った心を平常に戻すため、ひたすら走る。

が、しばらくすると息が切れてきた。

お嫁に来てからあまり運動できなかったので、体力が落ちているのだ。

走れなくなったら歩き、また走りを繰り返しているうちに、日が傾いてきた。

そろそろ戻ろうかな。

おそらく屋敷があるであろう方向を見ると、突然くらっと眩暈がした。

「おっとっと……」

これはいけない。水分不足か、単なる疲労か。

近くにあった大きな石に腰かけ、息を整える。

やっぱり、体がなまっていたのかも。

体力と気力だけが自慢だったのになあ。

目の前で流れる川が、夕陽を映して赤く染まる。

いつまでもここにいてはいけない。暗くなる前に帰らないと、みんなが心配する。

頭ではそう思うのに、体が動かない。

どのくらいそうしていただろう。

身震いして目を開けると、すでに日が落ちていた。

とっぷりと暮れて暗くなった周囲を見て驚く前に、大きなくしゃみがひとつ。

「さむっ」

ぼんやりするうちにうたた寝してしまったみたい。

早く帰らなきゃ。えっと、明るい方に行けば帰れるわよね。きっと。

よいしょと腰を浮かせたとき、頭上から声がかかった。

「寧々さん！」

名前を呼ばれて見上げると、橋の上から軍服姿の隆清さんがこちらを見下ろしていた。

返事をする前に彼は土手を下りてくる。持っていた自転車がガタガタと揺れた。

「なにをしているんだ、こんなところで」

彼は怒ったような顔をしていた。

「ごめんなさい。走っている途中で気分が悪くなって、休んでいたら寝ちゃって」

「なんだって？　君はマラソン大会にでも出るつもりか？」

マラソンは明治からあるスポーツ。ストックホルムオリンピックには日本人マラソン選手も参加したんだっけ。

「いいえ……」

オリンピックに出るために練習していたわけじゃない。って、そうじゃなくて。

心配そうに駆け寄り、私の体に怪我がないか確かめるように見る隆清さんの視線が痛い。

「ちょっと、心が乱れていたから」

精神統一のために走ったのだと言うと、隆清さんはため息を吐いた。

「走るのは構わないけど、ちゃんと暗くなる前に帰ってきてくれ。心配するだろ。相模たちも泣きそうになっていた」

「ごめんなさい」

彼女たちに心配をかけてしまったのは遺憾だ。

あんなことがあったあとだもの。心を病んで失踪してしまったのかと思い、焦ったことだろう。

「無事でよかった。さあ、帰ろう」

彼は私を立たせ、土手の上まで手を引いてくれた。

大きくて温かい手が、ふらふらする私を支えてくれる。

「乗って」

彼の自転車の座席の後ろには、荷台がついている。

そこに丸まった座布団が紐でくくりつけられていた。

「これ……」

「休憩中にこっそり改造したんだ。ふたり乗りをやってみたら面白いかもしれないと思ってね。こんなに早く役に立つとは」

遊び心で改造した自転車が、思いもよらず早く出動することになってしまったのね。

彼曰く、馬車より自動車より、自転車の方が視界が広く確保でき、人探しに適していると思ったらしい。

「しっかり摑まって」

私は荷台に乗り、座席に跨った彼の背中に腕を回した。

広くて温かい背中に体を寄せると、「行くよ」と隆清さんが自転車を漕いだ。

最初はゆらゆらしていたけど、すぐに自転車は速度を増し、車体は安定して走り出す。

「で、なにが君の心をそれほど乱したんだ？」

背中越しに、彼の声が聞こえてきた。

「晶子さんが訪ねて来たの」

「なに？　聞こえない」

風を切って走っているせいか、聞こえなかったみたい。

私はやけくそで声を張り上げた。

「あなたの元恋人が、離婚してって言いに来たの！」

キイッとブレーキの音がし、私は地面に投げ出されそうになった。

咄嗟に強くしがみつくと隆清さんがこっちに首を傾げ、聞き返す。

「元恋人って誰だ。俺にそんなものはない」

ムッとしたような声音が怖くて、猛烈に後悔した。

言わなきゃよかった。笑って流してくれるかと思ったのに。

「晶子さんが……」

「ああ、そういえば相模がそんなことを言っていた。恐ろしいほどの妄言を吐いて、君の割烹着に珈琲をぶっかけたんだろ？」

なによ、すっかり知っているんじゃない。

それが私の心を乱す原因だって思わなかったの？

「気丈に追い払ったんじゃなかったか。気にしていたのか」

「そりゃあするわよ！」

言われたことにオタオタして、泣いたりするのは格好悪いから、虚勢を張っただけ。

私が困惑したら、相模さんたちもどうしたらいいかわからなくなるし。

「……ねえ、本当は晶子さんと結婚したかった？」

相模さんからなにもかも聞いているなら、私から説明することはない。

ただ、本当のことだけが知りたい。

「バカなことを」

呆れたような声が降ってきた。私は顔を上げることができず、ぎゅうっと強く彼の背中にしがみついたまま。

「俺は今、寧々さんしか見ていない」

「嘘……」

「嘘じゃない。いいか、この泣く子も黙る鬼大尉が必死に自転車を漕いで行方を探すのなんて、君だけだ」

私は思わず、職場で改造自転車を冷やかされたり、道行く人にじろじろ見られる鬼大尉の姿を想像してしまった。

黙って立っていれば怖くて近寄りがたい彼が、なりふり構わず私を探しに来てくれた。

「俺は君が思っているより、君に夢中なんだ」

低い声が、乱れた心を静めてくれる。

代わりに甘い鼓動が胸を叩いた。

「でも、あなたが左遷されちゃったりしたら……」

覚悟して少し離れると、彼が前髪をかき上げ、私のおでこを全開にする。

「俺は軍に未練はない。大尉なんて階級もいらない。もしシベリアに行けと言われたら軍を辞めるさ。ある土地全部売り払って、別の職を探そう」

「それ、本気？」

隆清さんの視線が、優しく私を包み込む。

安心させようとしてくれているのね。

「ああ。もうシベリアみたいなのはこりごりだ。俺は天才だから、なんだってできる。だからもうなにも心配しなくていい」

彼は涼しい顔でそう言うと、ぎゅっと私の両手を自分のお腹の前で握らせた。

「いいか。なにがあっても離れないように」

返事をする前に、彼は再び自転車を漕ぎだす。

私は自転車から落ちないように、彼に身を寄せた。


数日後、隆清さんの非番の日がやってきた。

「今日は楽しいことだけしようか」

目を覚ますなり、隣で寝転んでいた彼が言った。

隆清さんとは、想いが通じ合ったあとも、口づけ以上のことはしていない。

多分、私が走っている途中に体調を崩したから、気遣ってくれているのだろう。そう思うことにしている。

病み上がりに晶子さんの襲撃、その後長距離走ってみようなんて、今思えばバカなことをしたものだ。

ちょっと自分の体力を過信していたわね。数日経った今では、すっかり元気になったからよかったけど。

「はい。久しぶりに着物でも着ていこうかな」

「いいね。そうしよう」

私たちは起きて身支度をし、ふたりきりで玄関を出た。

隆清さんと私は馬車に乗り、少し遠くの街まで遊びに出かけた。

大きなお寺があり、その前に煉瓦造りの仲見世がずらりと並ぶ。

そこから少し歩いたところにある劇場に、私たちは向かった。

劇場や活動写真館が集まるその通りには、俳優さんの名前と思わしきのぼりが、店ごとに立っていた。まるでお祭りみたい。どの通りも人でごった返している。

私は彼に連れられて、初めてオペラなるものを鑑賞した。

「わあ……！」

熱気がこもる劇場の中で、私は感嘆の声をあげた。

緞帳が上がった舞台には、まるで本物の外国を思わせる舞台装置。

舞台の前、一段下がったところにオーケストラがいる。

オーケストラの演奏が始まると、胸やお腹にずんずんと振動が響いた。

「どんなお話か、ちゃんとわかるかしら」

自慢じゃないけど、私は西洋の文化をよく知らない。

「大丈夫。そんなに難しくない」

隆清さんが言う通り、出てきた役者さんたちはドレスやタキシードを身につけていながら、日本語で歌い、演技をする。

「大きな声！」

どこから出しているのかわからないほど大きな役者の声に驚く。

「特別な発声法があるんだろうな」

隣を見ると、彼も興味津々といった様子で舞台に見入っていた。

演技あり、歌あり、息を合わせた大人数での踊りもある。

舶来のオペラを大衆向けに脚色した歌劇は、外国の文化に疎い私でも親しみやすく、すぐに夢中になった。

覚えやすい言葉を繰り返すユーモラスな歌は、誰でも真似して口ずさめそう。

ワクワクしたまま幕が下り、劇場に盛大な拍手が響いた。

「面白かった！　私も踊りたくなっちゃう」

劇場から出ても、しばらく興奮が収まらず、着物姿でゆらゆらする私の手を、隆清さんがしっかり握った。

ゆ、ゆ、指が絡んでる……。

ドキッとする私に、隆清さんは冷静に言う。

「人にぶつかるから、周りをよく見て。落ち着いて」

「は、はい、すみません」

幼児みたいに注意され、恥ずかしくて頬が熱くなる。

うつむくと、彼がクスッと笑う声が聞こえた。

「ま、そんなに気に入ってもらえたなら、連れてきたかいがあるというものだ」

おそるおそる上を向くと、彼は笑顔でこっちを見ていた。

安心すると、こちらも表情が緩んだ。

冷静になったらお腹が空いてきたので、隆清さんに連れられるまま、一軒のお店に入った。

洋風な造りの建物に、テーブルや椅子。

カフェーと同じような感じだけれど、表の看板には「ミルクホール」と書かれていた。

「ミルクって牛乳よね？」

「そうだな」

牛乳はとても栄養があるので、明治から徐々に広まっている。

だけど保存がきかないので、一般家庭に常備することはなかなかできない。

ミルクホールでは温めた牛乳の他、軽食もとれる。しかも雑誌や新聞が無料で閲覧できるので、学生らしきお客の姿も多かった。

「食べる物もあるが、なにがいいかな」

迷いながら、私はサンドイッチ、隆清さんはカツレツを選んだ。

温まった牛乳はほんのり甘く、飲むとなんだかホッとする。

お菓子作りに使ったことはあるけど、こうしてじっくり味わうのは初めてかも。

「おいしいですねえ」

サンドイッチの中身は、卵とハムだった。つい最近まで高級喫茶でしか食べられなかったのに、ミルクホールでも食べられるようになったとは。

隆清さんはパンも注文し、がっつり食事をとっていた。

そりゃあ男の人だもの、たくさん食べないとお腹が空いちゃうわよね。

そういえば、彼は私と一緒にいると食欲が湧くと言ったことがあったっけ。

今思えば、光栄なことなのかも。

だって、食べるってことは生きることだもの。私といると生きる気力が湧くってことなら、それほどうれしいことはない。

「そんなのじゃ足りないだろ。菓子も食べればいい」

「ええ？　足りますよ。でも、そんなに言うなら」

正直、甘いものも欲しかったので、私は「シベリア」という名前のお菓子を注文した。

カステラに薄い羊羹が挟まった、あまーいお菓子という噂を聞いている。

別にシベリア発祥というわけではなく、なんとなく涼しげな名前を考えた結果、シベリアになったらしい。

「嫌なことを思い出すな」

「お菓子に罪はありません。うーん、おいしい」

「はは。そんなに幸せそうな顔をされたら、シベリアも好きになれそうだ」

彼は私のシベリアを小さくちぎり、口に入れた。瞬間、眉間に皺が寄る。

「頭痛がするほど甘い」

実は隆清さん、甘い食べ物がそれほど好きではない。

構わず私がもぐもぐしているのを見て、彼は皺を和らげ、魅惑的に微笑んだ。

「今その口を吸ったら、同じ味がするのかな」

「むぐっ」

小声だったけど、彼の発言は私を動揺させるのにじゅうぶんな威力を持っていた。

シベリアを喉に詰まらせそうになり、慌ててミルクで流し込む。

カップを置いて正面をにらむと、隆清さんはクックッと喉を鳴らして笑っていた。

もう、からかわないでほしいよ。

お腹いっぱいで外に出ると、お店の前に順番待ちの行列ができていた。

劇場の近くだものね。仲見世の方まで行ってみると、そちらもまだたくさんの人がいた。

油断をすると、すぐ迷子になりそう。

「カフェーやミルクホールの女性ってかわいいわよね。私も働こうかしら」

着物を着て、上からフリフリのエプロンをつけて給仕をしている彼女たちは、とてもかわいかった。

しかし隆清さんは、「だめだ」と低い声で言った。

「カフェーには酒も出して、女性が男性を接待をする場所もある」

彼の眉間には深い皺が寄っている。

「接待って？」

「話をするだけじゃない。体を触られたり、遊女のようなことを要求されることもあるそうだ」

ぞくっと悪寒が走った。まさか、そういうカフェーもあるとは。私もまだまだ世間知らずだ。

「そういうのでなくても、君のかわいい姿は、俺だけのものだから。他人の目に触れさせてはいけない」

「え、あ、あわわ……」

また、いきなりそういうことを言うんだから。

照れた私は話題を変えようと、辺りを見回す。

「あっ」

後ろから来た人波に押されて、うっかり隆清さんの手を放してしまった。

そのままお寺の門の前まで、流されるように歩く。

密集する人の流れに押され、立ち止まったり逆戻りすることは不可能だった。

お寺の門のところでやっと脇に逸れることができた。仲見世の方を振り返るけど、人が多くて隆清さんがどこかわからない。

「どうしよう……」

六尺くらい上背がある隆清さんを隠してしまうなんて。人が多すぎるよ。

ひとりでぽつんと立っていると、心細くなる。

大きい声で叫んでも、雑音にかき消されて、隆清さんまで届かなさそう。

背伸びして人込みの中から隆清さんの姿を必死に探していると、横から声をかけられた。

「どうしたの、お嬢さん。連れとはぐれたのかい」

声のした方を見ると、書生風の男性と、着物の男性がいた。ふたりとも帽子を深くかぶっている。

「ええ、そうなの。背丈が六尺くらいある、着物の美男なんだけど」

「そんな目立つやつ、いるか？」

六尺もあるなら、人込みでも頭がひとつだけ飛び出しそうなものだ。

彼らも一緒に見てくれたけど、やっぱり見つからない。

「先に帰ったとか？」

「そんなことしないわ」

「じゃあ、俺たちが探してあげよう。お嬢さんはこっちで休むといい」

彼らはふたりで私を左右から挟み、腕を絡ませて歩こうとする。

ちょっと待って。これじゃ連行される罪人じゃない。この人たち、普通じゃないわ。

「大丈夫よ。放して」

「休ませてやるって言ってるだろ」

「いいから放してっ」

なんとなく嫌な予感がして、私は思い切り腕を振って彼らから逃れた。

勢い余って、地面に膝をつく。

手を差し伸べてくれる人はいない。

たくさんの人が私を邪魔そうに見ては前に進んでいく。

「手間をかけさせるな」

再び腕を取られ、無理やり立たされる。

書生風の男が正面に回り、帽子の下の目で私をにらみつけた。

男の袖の辺りでなにかが陽光を反射してきらりと光った。

「えっ」

刃物だ。どうして刃物なんか握っているのか。

気づいたときには遅かった。

男が私に向かい、一歩踏み出した。

反射的にぎゅっと目を瞑る。

しかし、いつまでも痛みはやってこない。

「くっ」

私を拘束していた着物の男が唸る声が近くで聞こえ、おそるおそる目を開ける。

すると、隆清さんが刃物を持った男の腕を摑んでいるのが見えた。

「寧々さん、そいつから離れて」

彼の声に、やっと我に返る。

着物の男が私を摑んでいた腕を放し、首に回そうとした瞬間を見逃さなかった。

私は自由になった腕を勢いよく後ろに引き、肘で彼のみぞおちを打った。

「ぐわっ」

言葉にならない声をあげ、敵がよろめく。

前を見ると、隆清さんが書生風男の腕を背中の方へひねり上げ、地面に倒していた。

転がった刃物を拾い、ぞっとする。

刃渡り五寸ほどの小刀だけど、刺されたらとんでもないことになっていただろう。

「なんだなんだ」

やっと人々がこちらに気づきはじめた。

着物の男は舌打ちして、人込みの中に走って逃げていく。

「ちょっと！」

「追うな」

冷たい声に、周囲の者すべてが凍りついた。

関係ない人々も、歩みを止めていた。

「誰の指示で俺の妻を狙った？」

ぎりりと、関節が軋む音がする。

相当な痛みだろうに、突っ伏した男は歯を食いしばってなにも答えない。

「言わなければ、こうだ」

隆清さんは無表情で男の指の先に片手を移動させ、包み込んだ。

その瞬間、空気を引き裂くような悲鳴が男の口から発せられる。

「まだ一本目だぞ」

聞く者を戦慄させる彼の声に、私も震える。

彼の手の間から、ありえない方向に折れ曲がった男の指が見えた。

「隆清さん、もうやめて」

軍人にとっては、敵を拷問するのは普通のことなのかもしれない。

でも私は、彼の残忍なところは見たくない。

「なにをしている！」

高い笛の音が聞こえて顔を上げると、数人の警官がこちらに走ってきているのが見えた。

「遅かったな」

隆清さんは男の指を解放し、手首を摑んだまま無理やり立たせた。

「いったいなにがあったのです？」

「殺人未遂だ」

尋ねてきた警官は、彼の答えにギョッと目を剝く。

警官に男を引き渡した隆清さんは、携帯していた階級章を見せた。

事情を説明し、黒幕を早く炙りだせと要求すると、警官は苦々しい顔で男を連れて去っていった。一緒に野次馬もいなくなった。

「帰ろう、寧々さん」

「え、ええ」

ここで立ち話をしていたら危険だ。着物の男が再び襲撃してくるかもしれない。

私たちは人波をかき分けて仲見世通りの出口へ急いだ。


「間違いなく二条院家の企みですよ！」

昼間あったことを説明すると、相模さんは鬼のような顔で吠えた。

「そうと決まったわけじゃ……」

「そうに決まってます！　だって、ご主人様じゃなくてわざわざ奥様を狙ったんですよ。奥様を恨むのは、あの女しかいないじゃないですか！」

興奮した相模さんを、隆清さんがどうどうと宥める。

「憶測でものを言ってはいけない。特に外でそんなことを言えば、今度は相模が狙われてしまう」

相模さんが口を閉じた。

たしかに、私を敵視している人といえば、真っ先に浮かぶのは晶子さんだ。

だけど、なにも証拠がないのに決めつけるのはよくない。

いったい誰が……。

モヤモヤとしたまま、お葬式のような食事を終え、いつものように寝室に入った。

普段は冷静な隆清さんも、今夜ばかりは難しい顔で窓の外を見ている。

なんと話しかけていいかわからず、ドアの前で立っていると、彼がこちらを向いた。

「まさか、あんなことがあるとはな」

いつもの苦笑すら見られない。

そりゃ、いきなり刃物を突きつけられたんだものね。

あのような人込みで襲われたことを考えると、単なる物取り目的ではないだろう。

人気のないところに誘おうとしていたように思えるけど、まさかイタズラ目的か。

断られた腹いせに殺してやろうと思った？　あまりに短絡的すぎる。

とすると、彼らは私があの場所にいることを知っていて、計画的に命を狙ったのだろう。

隆清さんが助けに来なければ、袖に隠した小刀で私をさっさと刺して、人込みに紛れて逃げることができたはずだ。

「隆清さんとはぐれてしまったとき、後ろから来た人たちに押されたの。あの人たちも共犯なのかしら？」

「そうとは限らない。人込みで俺たちが離れる機会をうかがっていただけだろう」

そうかしら。もう、誰も信じられない。

晶子さん本人にケンカを売られるのならまだしも、まったく知らない人に殺されかけたのだ。

当分、誰を見ても怪しんでしまいそう。

「……申し訳ない。きっと、俺のせいだな」

「えっ？」

「君のような人間が、誰かに恨みを買うわけないだろう。とすれば、犯人は俺に恨みを持つ人物だ」

彼は窓の方へ視線を投げた。

まるで、夜の闇の中に潜む敵を見つけようとするような、鋭い目をしている。

「とにかく、警察の捜査の進捗を待ちましょう」

犯人を引き渡したのだから、なにかしら進展はあるだろう。

「そんな悠長なことは言っていられない。君が殺されそうになったんだ」

彼の声から怒りが迸っているように感じる。

「隆清さん……」

「俺は犯人を絶対に許さない」

獲物を狙う猛獣の目をした彼を、たまらずに背中から抱きしめる。

「お願い、そんな目をしないで」

犯人の指を折った彼は、まさに鬼だった。

軍人ならば、敵に容赦しないのは当然なのかもしれない。私のために怒っているのもわかる。

でも私は、隆清さんに心穏やかに過ごしてほしい。せめて、任務中や訓練中以外は。

「ひとつ提案がある」

隆清さんは少し落ち着いた声で言った。

「なに？」

「ひとまず離婚しないか」

私は彼の背中を見て固まった。

今、なんて言ったの？

「どうして？」

胸が握りつぶされるように痛い。

「君を危険にさらすわけにはいかない。すべて明らかになるまで、叔父のところに……いや、だめだ。親戚は信用できない。君の実家がいいかな。お義父さんは武術の心得もあるし……」

勝手に話を進めようとする隆清さんから体を離した。

彼は悲しそうな顔で、こちらを振り返る。

「離婚すれば、とりあえず二条院家からの嫌がらせは防げる」

「晶子さんが黒幕と決まったわけじゃないわ」

「そうだな。二条院が絡んでいるかはわからないが、とにかく、俺から離れることが重要だ」

言い聞かせようとする彼。私は強く首を横に振った。

「そんなの、だめよ」

私が迷惑だから出ていけと言われるなら、まだわかる。

でも、私を守るために離婚するなんて、そんなのおかしい。

どうして悪意ある人のために、私たちが離れないといけないの。

「私がいなくなったら、あなたは鬼に戻ってしまうわ」

隆清さんは、本当は優しい普通の男性だ。

だけどひょんなことで、鬼の顔が表面に出てきてしまう。

両親に捨てられた傷を負い、祖父母を亡くし、親戚も信用できない。

シベリアで戦争を目の当たりにし、余計に心を凍らせてしまった。

つらい環境で部下を統率するには、鬼にならざるを得なかったのだ。

一緒に楽しく食事をして、対等に話をしてくれる人が、彼が本来の優しい人でいるために必要なのだと思う。

「あなたをひとりにはしない」

じわりと涙が浮かんで、隆清さんの姿がぼやけた。

私はなんて無力なんだろう。

実家の権力も、お金もない。

せめて晶子さんの半分でもなにか持っていれば、彼の役に立てたのに。

彼が人でいられるよう、一緒にいることはできる。しかし、それ以上のことはできない。

「あなたは……私じゃなくてもいいでしょうけど……」

正直、彼のそばにいるのは私でなくてもいいはずだ。

もっと心が温かくて優しい人なら、なおいい。

「そんなことはない」

隆清さんが一歩近づいて、私の体を強引に引き寄せた。

「俺だって本当は君のことを放したくない。君じゃないとだめなんだ」

哀切が混じる彼の声に、胸を焦がされる。

唇が震え、堪えきれなくなった涙が溢れた。

「じゃあ、離婚だなんて悲しいこと言わないで」

自分の涙声が響く。

「わかった。泣くな」

「私じゃなきゃだめだって言うなら、ちゃんとした妻にして」

隆清さんは、演技をやめ、本当の夫婦になろうと言った。私のことを好きだとも言った。

だけど、私たちはいまだに男女の関係にはなっていない。

友達みたいな夫婦が嫌なわけじゃない。

私は両親が仲睦まじく暮らしてきたのをこの目で見て育ってきた。

だけどいまだに、私たちは兄妹のような、友達のような関係のまま。

「こんな子供っぽい奥さんは、嫌？」

袴で動き回ったり、自転車で走り回ったり、いつまでも大人の女性になりきれないから、なにもする気にならないのかしら。

「嫌じゃない。好きだよ。大好きだ」

焦ったような困ったような、聞いたことのない隆清さんの声。

「俺は初めて会ったときから、君をかわいいと思っている」

「本当に？」

彼はより一層力を込めて、私を抱きしめる。

密着した隆清さんの言葉が、耳のすぐ後ろから聞こえた。

「俺は決して、君に欲情しないわけじゃない」

胸の中から、心臓が肋骨を叩く。

私は黙って、次の言葉を待った。

「でも、いつかこんなことになるんじゃないかと思っていたから。君を抱いてしまったら、もう後戻りはできなくなる。君を手放せなくなるのが怖かった」

私を抱く腕に痛いほどの力がこもる。

「今まで、大切なものはすべて俺の手からすり抜けてしまった。だから君も、いつかいなくなってしまうかもと……」

「そんなことないわ！」

隆清さんの腕の力が緩んだ。

背を屈めた彼の額が、私の額にぶつかった。

「うん。君が俺をひとりにしないと言ってくれて、うれしかった」

「隆清さん……」

私は額を放して隆清さんの瞳を覗き込んだ。

「私は隆清さんのこと、大好きなんです。絶対にひとりにはしません」

「本当に？」

こくりとうなずくと、彼はそっと、大きな手で私の頬を包んだ。

「やっと君からも言ってくれた」

親指で私の涙を拭った彼の顔がゆっくり近づいてくる。

自然と瞼が閉じる。視界が暗くなる。

敏感になった唇に、柔らかいものが触れた。

ゆっくり瞼を開けると、至近距離に隆清さんの端正な顔があった。

今まで照れ臭くて言えなかったけど、やっと自分の気持ちを伝えられた。

こんな私でも、素直に言えるんだ。それだけ彼に対する気持ちが溢れているのだと思うと、余計に胸が熱くなった。

「君が好きだ」

囁くような声が、胸を震わせる。

「両親も教えてくれなかった感情を、君が教えてくれた。君は俺の人生に革命を起こした人だ」

「革命なんて……」

「両親に捨てられ、戦争に倦み、抜け殻だった俺に、温かい気持ちを教えてくれた」

彼は真っ直ぐに私を見つめた。

嘘じゃない。彼は自分を守るための演技は上手だけど、人をたぶらかすような嘘を吐く人じゃない。

「私、なにもしてない……」

お嫁に来てからも、特別彼のためにやってあげたことなんてひとつもない。

そもそも普通の女性より、できることが少ないのに。

隆清さんの言葉に甘え、自分らしくいようとあがいていただけだ。

いくら綺麗な洋服を着ていても、貴婦人には到底なれなかった。

「いいんだよ、君は君で。あの温かい家庭で育った、素直で元気な君のままで。俺はそんな寧々さんが好きだ」

「隆清さん……」

頬が緩むのを止められない。涙はすっかり乾いていた。

隆清さんは薄く微笑み、素早く私の唇を奪った。

「甘いな。昼間のシベリアのせいか」

彼は自分の唇をぺろりと舐める。

魅惑的な表情に脳がくらりと揺れる。

「そ、そんなわけないでしょう」

入浴もしたし、歯磨きもした。唇に砂糖が残っているわけがない。

「じゃあ、俺が君を愛しく思うから甘く感じるんだな」

言うなり、彼は何度も唇を押しつけてきた。

啄み、包み込み、深く重なり合う。

彼の舌が唇の間から滑り込んできて、ぬるりとした感触に身が震えた。

おそるおそる口を少し開けると、彼はさらに私の奥まで侵入し、味わうように動く。

隆清さんの方こそ、甘い蜜でも含んでいるのではないかと思った。

反射的に動いた舌を吸われ、頭が痺れる。

彼の手が、私の背中をするりと撫でる。それだけで立っていられなくなりそう。

今までになかった情熱的な口づけを終え、彼が少しだけ離れた。

「本当にいいんだな？」

隆清さんは私の体を引き寄せ、軽々と横抱きにした。

小さくうなずくと、彼は優雅に歩み、ベッドに私を横たえ、灯りを消した。

闇に慣れてきた視界いっぱいに、彼の姿が映る。

下ろしてあった私の髪の一房をすくい、隆清さんが唇を寄せる。

目が笑っていない。真剣そのものだ。

こんなに熱く見つめられるのは初めてで、頬に熱が集まる。

「やっぱり嫌、はなしだよ」

「嫌じゃないわ。私はあなたの妻だもの」

「そうか」

髪を放し、その唇を私の唇に寄せる隆清さんは、今まで見たどの彼とも違う人に思えた。

彼は私の頭を撫で、額に口づけた。

優しい口づけが鼻に、頬に、唇へと降りてくる。

脳を蕩かせるような濃厚な口づけのあと、彼の唇は首筋へ、鎖骨へと移動する。

纏っていたものを剝がれ、無意識に体を隠そうと動く手を取られ、頭の横に押しつけられた。

彼は私の全身を味わい尽くすように、口づけを繰り返す。

舌や指で優しくじっくりと慣らされたあと、ついに彼自身を身に受け入れた。

裂かれるような熱さと痛みは、むせかえるような甘さに変化していく。

「寧々、寧々……」

繰り返し呼ばれる名前から、「さん」が消えていることなんて、まったく気にならなかった。

むしろ、うれしい。「寧々さん」と呼ばれるたび、距離を感じていたのだと今さら気づく。

やっと、本当の夫婦になれた……。

涙で滲む視界に、汗をかいた彼の顔が映る。

頰に触れると、彼は繫がったまま、私に深い口づけを落とした。

戻らない過去

隆清さんと初めて結ばれた翌日から数日、私は屋敷の中でのんびりと過ごしていた。

やたらと動き回るから、面倒なことに巻き込まれるのだし、正直体がつらい。

なぜかと言うと、初めての夜に、ちょっと無理をして、腰がだるくなって動けなくなったから。

それが情けなくて、一日休んで次の日から庭で素振りやうさぎ跳びなどを張り切ってやったら、見事に筋肉痛になった。

体力は一気には戻らないと痛感し、このところは食事を食べ過ぎないように気をつけ、軽い運動をするようにしている。

「警察からの連絡、まだですかねえ」

夕食の支度をしているときに、和子さんがため息交じりに呟いた。

「まだ捜査中なんじゃない？」

私が刺されそうになった日、警察に隆清さんの身分を明かし、事情は詳しく話してある。

犯人は捕まっているのだし、すぐに事態が進展するかと思いきや、数日経った今でもなんの連絡もない。

「まずご主人様の職場に連絡が行くのかもしれませんね」

お米を炊く釜の火を見ている相模さんも顔を曇らせる。

そうかも。刺されそうになったのは私だけど、この国では女性の立場はまだまだ弱い。

なにかあれば、まず第一に隆清さんに連絡が行くのだろう。

相模さんも和子さんも、事件後からずっとそわそわしている。

女三人で屋敷にいるときに、もし襲撃があったら。そう思うと怖い。

早く犯人の目的や黒幕をハッキリさせて、事件を解決してほしい。

そうでないと、私たちは不安でモヤモヤした気持ちのまま、ずっと過ごさなければならない。

「……ごめんね」

誰がどういう目的であんなことをしたのかはわからないけど、私が狙われたのは事実だ。

私が隆清さんと離婚し、この屋敷を去れば、彼女たちはスッキリサッパリするのかもしれない。

でも、私は彼と離れられない。一緒に生きていくって、決めたんだ。

「なにを謝ることがありましょう。悪いのは犯人です」

「そうですよ。有坂家は財産がありますから、知らぬところからやっかまれたり敵視されたりすることもあるでしょう。奥様のせいじゃありません」

相模さんと和子さんがムキになって言ってくれるので、思わず苦笑を漏らす。

「ふたりがいてくれると心強いわ」

そうこう話しているうちに、食事の支度が整った。

今日は隆清さんの好きな、鯖の塩焼きに、ひじきの煮物。それにお味噌汁。

出来栄えを確認していると、玄関が開く音がした。

「隆清さんだわ」

新調したエプロンを揺らし、私は彼を出迎えるために玄関に急ぐ。

「お帰りなさい！」

軍帽を脱いだ隆清さんは、誰かを恨めしく思う鬼のような顔をしていた。

「どうかしたの？」

ひと目で、普通ではないことが起きたのだと察する。

聞いた私に、彼は言いにくそうに呟いた。

「昨夜、君の実家に賊が入ったらしい」

「えっ」

一瞬、なにを言われたかわからなかった。

実家に賊が……。

「お父さんとお母さんは？」

思わず彼の胸に摑みかかると、彼は私の肩に手を置いた。

「大丈夫だ。昨日の昼間、お義父さんは家の建て替えのために借家に荷物を運び出していた。お義母さんに無理はさせられないから、近くの病院に一晩入院してもらっていたんだ」

そういえば、そんな予定があったんだっけ。最近ゴタゴタしていて、すっかり忘れていた。

とにかく、昨夜実家に賊が侵入したと。

運よく母はその場にいなかったけど、父はどうだったんだろう。

隆清さんが安心させるように、私の手を柔らかく握った。

「お義父さんは夜は実家で休んでいた。侵入した三人の賊に気づき、木刀で撃退したそうだ」

「木刀……」

もともと道場主だった父は、今は警察で若い警官に剣道を教えている。

隆清さんに甘やかされている私と違い、腕はなまっていなかったようだ。

「怪我はないの？」

「ああ。無傷だそうだ」

「よかった」

ホッと安堵したのも束の間、隆清さんが私の肩を放す。

促されるように彼の後ろ……玄関を見ると、母が立っていた。

「お母さん！」

「寧々……」

知らない若者に手を引かれた母が、私に近づいてくる。

母はすまなさそうに、背を丸めていた。

「昨夜は無事だったからよかったものの、やはりお義父さんが出かけている間が心配だ。病院も完全に安全とは言いがたい。だからここに来てもらった」

「わあ、ありがとう。お母さん、よかったね。ここなら安全だよ」

隆清さんの心遣いに感謝するように、母は深くうなずいた。

実の親でもないのに、家に迎えることを即決してくれるとは。

彼には一生頭が上がりそうにない。

「お義父さんは所属の警察署に寝泊まりしてもらうことにしたよ。さすがに警察署は襲われないから」

たしかに、警官ばかりの警察署は襲撃しにくい。

父は新しい仕事を始めたばかりで休むことはできないし、この屋敷からだと通うのが大変だ。警察署にいた方がよさそう。

「そしてこの立花《たちばな》は、今日からしばらくうちで働くことになった。男手があるとなにかと都合がいいだろう」

母の手を引き、荷物を持ってくれた若者は、立花さんというらしい。

短髪で、少年のような顔つきの彼は、私と同じくらいの年齢に見える。着物の下に詰襟シャツを着ていた。

「なにもかも、ありがとうございます」

母が深々と頭を下げるので、私も慌ててそれにならった。

「いいえ、長距離の移動はつらかったでしょう。すぐにお休みください」

隆清さんが言うと、相模さんがすかさず「客間をお使いください」と案内してくれた。立花さんが母を支えるように後ろについている。

「私、お食事をお持ちします」

和子さんは母の食事を用意するため、台所へ戻っていった。

残された私と隆清さんは、廊下で顔を見合わせる。

どちらからともなく、ため息が落ちた。

「まさか、実家が襲われるなんて」

父は賊を撃退はしたけど、捕らえられなかったという。

敵は三人もいたんだし、無事であっただけいいと思うしかない。

しかし、刺殺未遂事件に引き続くように発生した賊……ただの強盗と考えていいのかしら。

「この前のこととまったくの無関係とは考えにくいな。賊どもを雇っている黒幕がいるんだろう」

「やはりそうですか」

あんなボロボロの、値打のあるものはなにもなさそうな家に盗みに入る人、いないわよねえ。って、そうじゃない。

こう連続して身内が襲われたとなると、どうしてもそれぞれの出来事が関連を持っていると考えたくなる。

「私、誰かに恨まれるようなことしたかなあ」

「だとしたら、逆恨みだろう。寧々はなにも悪くない」

彼は軍服を寛げながら、廊下を歩き出す。私はそのあとについていった。

「逆恨みされるとしたら、私が素敵な旦那様と幸せな結婚をしたことしか、原因が思い当たらないんですけど」

彼は肩越しに私を見て淡く微笑んだ。少しずつ表情が和らいできている。

「君が幸せならいいけど。俺は、どうも自分が恨まれている気がしてならない。俺には勝てないから、君を狙うんだ」

「どちらにせよ、警察の捜査の進捗を待つしかないのね」

彼はうなずき、ふいと顔を背けてしまった。

このような事件が続いたら、彼はまた鬼になってしまうかもしれない。

「お母さんのこと、ありがとう。あなたの優しいところが好きよ」

そっと背中に寄り添うと、隆清さんは足を止めた。

「当然のことだ」

「ううん、当然じゃないわ。ありがとう」

こんなに優しい人を、また鬼にさせるわけにはいかない。

私が逆恨みされているなら、私自身で解決しなくちゃ。

体を離すと、隆清さんは落ち着いた様子でこちらを振り返った。

「さ、夕食にしましょう」

笑いかけると、彼もぎこちなく笑った。


三日後、隆清さんが出かけたのを見送ってから、私は誰も使っていない部屋のドアをそっと開けた。

ふわっと石鹸の香りがするそこは、普段使いしない服を保管している衣装部屋だ。

そこに保管してある隆清さんが幼年学校で着ていた制服を拝借し、袖を通した。

枯草色の軍服は、彼がまだ十代前半だったときのもの。少し大きいけど、私でもなんとか着ることができた。

続いて髪をまとめ、軍帽の中にしまう。

「うん、いいわ。どこから見ても立派な幼年学校生徒よ」

古い鏡で自分の姿を確認し、音を立てないようにそーっと部屋を抜け出した。

隆清さんがいないうちに屋敷を抜け出し、実家の様子を見てくるんだ。

もしかしたら、賊が残した手がかりがあるかも……。

ゆっくりゆっくり、足音をさせないように廊下を歩き、慎重に玄関のドアを開けて閉め、門まで小走りし、一気に外へ出た。

脱出成功！　と思ったそのとき、真横から声がした。

「寧々。なにをしているんだ」

体が凍りついた。

見つかった。

おそるおそる首を回すと、隆清さんが軍服を着て立っていた。

「嘘っ」

今さっき、出勤したはずなのに。

金魚のように口をぱくぱくさせる私を、彼は呆れたように見下ろした。

「朝からそわそわしているから、なにを企んでいるのかと思っていた」

「うへえ……」

どうも私は、考えていることがすべて顔に出てしまうらしい。

隆清さんは私がなにかしでかすと、察知していたのだ。

「そんな格好で、どこへ行く気だったんだ？」

にっこりと笑った隆清さん。

逆に怖くて、体が震えた。しかし、それを隠しておどけてみる。

「えへへ、似合う？」

「ごまかすな」

見なかったことにはしてくれないらしい。

がっくりとうなだれた私は、情けない声で言い訳した。

「実家へ賊の手がかりを探しに……あの、女姿だと危険だけど、私だとわからないように変装すれば大丈夫かと……」

言葉を発するたび、隆清さんの眉間に皺が寄り、どんどん濃くなる。

「そんなことだろうと思った。手がかりなどあるものか。あるなら警察が回収しているさ」

「そうかもしれないけど、居ても立っても居られないのよ。実家まで巻き込んで。誰かに任せて傍観しているのは性に合わないわ」

誰も解決してくれないのなら、自分で解決するしかない。

早くみんなで、安心して暮らしたいもの。

でも、ここまでか……。短かったな、私の冒険。

うなだれていると、彼のため息が降ってきた。

「そうか、わかった。君の好きなようにするといい」

「えっ、本当に？」

勢いよく顔を上げると、隆清さんは苦々しい表情をしている。

「どうせ今止めたって、俺がいない間に飛び出していくだろ、君は」

「ええ、多分」

「じゃあ、これから行こう。俺も一緒に行く」

驚いた私は、目を大きく見開いた。

まさか隆清さんが一緒に行ってくれるとは思わなかったからだ。

「でも、今日はこれからお仕事でしょ？」

「適当な理由をつけて遅れていく。軍隊ってものは、有事じゃなきゃ、訓練してるだけなんだから」

今度はこちらが呆れる番だった。

この人、本当に大尉の肩書なんてなんとも思ってないのかもしれない。

仕事をおろそかにするのはどうかと思うけど、私は「ではお願いします」と頭を下げた。

この機会を逃したら、実家の調査を自分ですることはできなくなるだろう。

隆清さんは律儀に、相模さんたちに出かけてくると報告しに屋敷に戻った。

「面白い奥様だなあ」

立花さんはそう言いながら、呆れ顔で私を見た。

「立花、女性たちをよろしく頼む」

「かしこまりました」

彼は用心棒も務めてくれるらしい。

相模さんが「そんな格好で」とか「危険です」とかギャアギャア喚いているのを聞こえないふりをして、私たちは馬車に乗って駅に向かった。

実家の近所には駅がない。

いつか立ち寄った温泉の近くで鉄道を降りた私たちは、タクシーをつかまえ、昼前に実家に着いた。

誰もいなくなった実家は、ますます幽霊屋敷みたいな風情を漂わせている。

生まれ育った家なのに、なんだか不気味だ。

私が前を歩き、隆清さんが後方を警戒する。

家の中は、借家に荷物を運んだあとだったので、がらんとしていた。

父と賊が乱闘になったときに破れたのであろう障子や襖がそのままになっている。

「さすがに現場は警察が調査しただろうな」

目を皿のようにして畳の上を見ても、手がかりらしきものはない。

賊の持ち物でも落ちていればと思ったけど、さすがにそんなものがあれば、警察が持っていくか。

家じゅうをくまなく探したけど、見覚えのない不審なものはひとつもなかった。

「気が済んだか？」

「はい。素人に犯人捜しは無理だってことがよーくわかりました」

勢いだけじゃどうにもならないことがあるのね。

諦めて帰ろうと一歩踏み出したとき、足元を黒い影が通り抜けていった。

「ひゃっ！　なに？」

「ネコ。黒ネコだ」

ネコか。びっくりしたじゃないの。

隆清さんは静かにネコのあとをつける。

「そっちは台所……」

「しっ」

隆清さんと一緒に、柱の影から狭い台所の様子を観察する。

するとさっきのネコが踏み台に昇り、水瓶の縁に前足をかけ、中の水をぺろぺろと舐めた。

喉を潤したネコは、とんと踏み台から土間に下りた。だけどなんだか、様子がおかしい。

さっきまで元気に駆けていたネコが、突然ふらついたかと思うと、横に倒れてビクビク痙攣し出したのだ。

「なにっ？　どうしたの」

私たちはネコのそばに駆け寄る。

ネコは泡を吹き、じきにぐったりして動かなくなった。

「死んだ」

隆清さんが呟き、鋭い目で水瓶をにらみつける。

「ここに毒を入れられたんだろう」

「なんですって」

「賊か、そのあとに誰か来たのか。なにしろ、お義父さんたちに被害がなくてよかった」

ぴくりとも動かなくなった哀れなネコを見下ろす私の全身に鳥肌が立った。

この水を父や母が飲んでいたら、大変なことになっていた。

賊に襲われてすぐ、父は通報をしに、警察署に駆け込んでそのまま泊まったという。だから水瓶の水を飲まずに済んだ。幸いとしか言いようがない。

「かわいそうに……」

私はネコの死体を裏庭に埋めてやることにした。

隆清さんはその間、土間の掃除をし、持っていた水筒の中身を捨て、水瓶の水をそこに入れたらしい。警察に提出するためだ。

「結局、黒幕に関する情報はなにも得られなかったわね」

「……ああ」

彼はなにか考え込んでいるようだった。話しかけにくい雰囲気を醸し出している。

私も目の前でネコが死んでしまった衝撃で、うまく話せないのでちょうどよかった。

実家を出た私たちは、しばらく無言でタクシーに乗り、駅に戻った。

実家の水瓶のことは、隆清さんが父に電話で伝えてくれた。

軍や警察には電話があって便利よね。あれが一般家庭にあれば、急を要する連絡があるときに助かるのに。

警察の調査はやっているのかいないのかわからないほど、数日間なんの連絡もなかった。

父がお世話になっているからあまり言いたくないけど、本当に仕事をしているのかと疑いたくなる。

「そうカリカリしないの。警察だって、たくさん起きた事件を順番に調査しているんだから、時間がかかって当然よ」

有坂家で療養している母に愚痴を零したら、優しくたしなめられた。

療養と言っても、まったく動けない重病人というほどではないので、相模さんたちの手伝いをしながら、仲良くやっているようだ。

あんまり体の負担になることはさせられないけど、簡単な家事ならむしろ生活に張り合いが出ていいだろう。

私はお母さんが寝泊まりしている客間で、親子水入らずの時間を過ごしていた。

「でも、こっちは命がかかってるのよ。誰か殺されてからじゃ遅いんだから」

隆清さんが持って帰った毒水だって、科学的に分析するとかなんとか言って、まだなんの毒が入っていたのかもわからないし。

「そうねえ。このまま隆清さんのお世話になるわけにもいかないし、早く解決するに越したことはないけど」

母は緑茶を飲んでため息を吐いた。

隆清さんのおかげで医者にかかり、いい薬を飲めるようになった母は、私が嫁ぐ前より顔色がよくなった気がする。

あんまり心配をかけると、また病気が悪くなっちゃうじゃない。犯人、許すまじ。

おやつの羊羹を大きく切って口に放り込むと、お母さんがぽんと手を打った。

「そういえば、あなた、隆清さんと仲良くやっているようね。よかったわあ」

「むぐ？」

いきなり話題が変わったので、私は羊羹を口に入れたまま、母を見つめた。

いったい私たちのどこを見て、そう思ったのだろう。

母がいる前では、隆清さんは私にベタベタしない。実家に行ったときのような、余所行きの笑顔を見せるだけだ。

「昨夜隆清さんがこの部屋に来てくれてね、お話をしたのよ」

母はうれしそうに目じりを下げる。こんな表情、お嫁に行く前にはあまり見なかった。

「そこで仲良くなって、〝大尉〟から〝隆清さん〟になったわけね」

彼には多大な恩があるので、両親はいつも盛大にへりくだっていた。

少し打ち解けたみたいでよかった。母は気楽になったような顔をしている。

「ええ。隆清さんは、私の知らない寧々の話をたくさんしてくれたのよ」

「えっ、どんな？」

「お料理が上手になったこととか、一緒に自転車に乗ったこと、オペラを見たこと。隆清さんったら、本当に楽しそうに話すのよ。寧々のことを、明るくていい子だってとにかく褒めてくれるの。私までうれしくなっちゃった」

「そうなんだ……」

彼がそんな話を母としていたことを、私は知らなかった。

そう、刺殺未遂事件が起きるまでは、私たちは本当に楽しく過ごしていたのだ。

兄妹のように、ときには友人のように、少しずつ心を通わせて。最近やっと、夫婦らしくなってきたかなというところだ。

「ところで寧々、懐妊はまだなの？」

母はふたりきりなのに、なぜか声をひそめた。

乙女のように、少し恥ずかしそうに頬を染めている。

「懐妊していたら、男装して実家に帰ったりしないわよ」

「そう言われればそうね。ううん、気にしないで」

自分の発言をごまかすように、母は羊羹を小さく切って口に入れた。

気にしないでって……孫ができることを、思い切り期待しているのが顔からも雰囲気からもバレバレよ。

結婚といえば、その次に来るのは懐妊、出産だ。

女性が自由になったと世の中は言うけど、まだまだ女性は結婚するのが当たり前、結婚したら子供を授かるのが当たり前、子供のために仕事を辞め、家を守るのが当たり前と思われている。

「赤ちゃんは授かりものだから。気長に待ってて」

子供は欲しがったら授かるというものでもない。

欲しくて欲しくて、あちこちにお参りしても、授からない夫婦もいる。

授かったら奇跡……くらいに考えてもらえると、こちらも楽なんだけどな。期待する気持ちもわかるけど。

「そうね。ところでこの羊羹、おいしいわねえ」

母はほっぺたをさすって、ますます目じりを下げた。

みんなの安全のために、離婚をするべきかと思うときもあるけど、そうしたら母はとても落胆するだろう。

頑張らなきゃ。なにがあっても、みんなの幸せを守りたい。

楽しそうに未来の孫と対面する日を夢見る母の顔を見ていると、めらめらと心が燃えてくるような気がした。


夜になり、隆清さんが帰ってきた。

出迎えた私に、彼は申し訳なさそうに首を横に振る。

今日も進展なし、ということだ。

「いいのよ、あなたが無事に帰ってきてくれれば」

母も一緒に食事をし、終わったらみんなでかるたをした。

相模さんも母も子供のように本気になって、札を取りにいく。

白熱した戦いを見て、私と隆清さんは笑った。

みんなが疲れて眠くなった頃、それぞれの寝室に戻った。

「本当に、君が来てから家が明るくなった。お義母さんも楽しい人だね」

彼はソファに座り、水を飲んで言った。

私はその隣で、あくびをする。はしゃぎすぎたかも。

「実は楽しい人だったのね。生活でいっぱいいっぱいだった頃は、あまり笑わなかったのよ。いつも疲れた顔で……実際に疲れていたんでしょうけど」

家事、道場の些末な事務、内職、畑仕事。

やることばかりで、母はいつもふうふう言っていた。

基本、私には優しかったけど、笑えないときも多かったように思う。

「隆清さんのおかげよ。昨夜も、お母さんが安心するように、楽しい話をしてくれたんですって？」

「もうバレたのか」

浴衣姿の隆清さんは、口の端から笑いを零した。

「明るくていい子だって言ってくれたんでしょ」

「うん。本当にそう思っているから。俺にはもったいないお嫁さんだ」

彼は私の髪を撫でながら、口づけをした。

甘い口づけに酔いしれていると、彼の大きな手がするりとネグリジェの裾から侵入してきた。

「あ……ちょっと待って。するの？」

唇を放されたときに問うと、彼が首を傾げた。

「そうだけど、なにか問題でも？」

濡れた唇が首筋をなぞっていく感覚に、びくりと体が震えた。

彼はソファに私を横たえる。

「だって……」

「同じ家にお義母さんがいると恥ずかしい？」

彼は口の片端を上げ、意地悪を言って微笑む。たちの悪い鬼だ。

図星を突かれた私の頬に、かあっと熱が集まった。

「大丈夫だよ。世の中のお嫁さんは、みんな親のいる家でこういうことをしている」

「そうかもしれないけど……っ」

ネグリジェをまくり上げられ、露になった太ももに彼が口づけを落とす。

田舎で結婚したお姉さんたちは、昔ながらの日本家屋で暮らしている人が多い。

襖はドアより中の音が外に漏れやすいので、夫婦の営みは、家族中にバレているという。

別にそれが普通のことなのだとみんなは言うけど、私はそれが妙に恥ずかしい。

声を漏らさないように歯を食いしばっていると、隆清さんの親指が、私の唇をなぞった。

「心配ない。みんな、知らないふりをしてくれるさ。それが大人だ」

部屋の物音をすっかり漏らさないようにするのは不可能。大きな声をあげてしまえば、ここでなにが起きているのか、みんなにバレてしまう。

いや、夫婦なんだから、そういうことをしていても別にいいんだけど。むしろ、今まで無音だったのが不審なくらいなんだろうけど。

でも、母に聞かれたらと思うと、どうにも恥ずかしくて、耐えられない。

「やあ……」

「お義母さん、早く孫を見たいって言っていたから。頑張ろうな、寧々」

「んっ……意地悪……っ」

ソファで私を組み敷いた美しい鬼は、まったく容赦してくれなかった。

「こんなにかわいいのに、我慢しろって言う方が意地悪だ」

軋むソファの音を気にしている余裕は、いつの間にかなくなっていた。

私は大きな声をあげるのを堪えるために、彼の肩を噛んだ。

すると彼の動きはますます激しくなり、結局私は口を開け、散々鳴かされてしまったのだった。

翌日、私は一番いい着物を着て、立花さんと共に家を出た。

立花さんは武術の心得もあるとのことで、彼と一緒なら、出かけてもいいと言われているのだ。ただし、短時間、短距離に限る。

「って言われて、素直に聞く私じゃないわよ」

昨夜意地悪されたから、仕返ししてやる。ってわけじゃないけど。

「どこへ行くんです、奥様」

立花さんは屋敷から見えなくなったところで人力車をつかまえた私を止めはしなかった。

若いけれど、私と違って落ち着いている。淡々としているという表現の方が合っているかもしれない。

彼を隣に乗せ、私は車夫に告げる。

「二条院さんのお屋敷へ」

「二条院ってえと？」

「海軍中佐の二条院さん」

「へえ、あの二条院さんね。かしこまりました」

人力車は音もなく、すいっと動き出した。

詳しく住所を言わなくてもいいくらい、晶子さんの屋敷は有名らしい。

いつもより高い目線で、賑やかな街並みを見つめる。立花さんは、黙っていた。

「止めないの?」

私が二条院の屋敷を訪ねるのは、無論晶子さんを問い詰めるためだ。

晶子さんが黒幕だった場合、危険にさらされることはわかっている。けど、両親の命まで狙われて、黙ってはいられない。

「奥様は思い込んだら一直線、こちらの言うことは聞いていただけないと、ご主人様や相模さんから教わっておりますので」

「……ああそう」

みんなで私のことを、猛進するイノシシのように思っているのね。よくわかったわ。

ぷうと頬を膨らませると、立花さんは笑いもせずに言った。

「見えてきました」

街を抜け、住宅地の向こうに、木々に囲まれた洋館の屋根飾りが見えた。

私たちは静かに二条院家に近づいていった。

人力車が行ってしまったあと、私は目の前にそびえる豪邸に固唾を呑んだ。門の中に広々とした前庭が広がっている。煉瓦造りの洋館は、有坂家のものより大きく、たしかにバルコニーがついていた。

しかも、門の前には怖い顔の門番が立っている。髭を生やした巨漢の門番に、立花さんが先に声をかけた。

「突然申し訳ございませんが、晶子お嬢様は御在宅でしょうか。私どもは帝国陸軍有坂大尉のお遣いで参りました」

「有坂寧々と申します」

門番はじろりと私たちを見つめ、「少々お待ちを」と言って屋敷に入っていった。

少し待っていると、ベルがついた大きなドアから晶子さんが出てきた。家にいるというのに、洒落た洋服に巻き髪を垂らしている。

「なんの御用？」

晶子さんは背後に門番と侍従らしき男を従えている。

「お話がございます」

「ふうん。ここでいい？」

「けっこうです」

「あなたたち、下がっていいわよ」

指示された門番と侍従は、私と立花さんをじろじろ見ながら、屋敷の玄関まで下がった。

開いた門にもたれ、晶子さんは腕組みをして私を見る。

「まさかあなたから訪ねてくるなんて思わなかったわ。離婚する気になった？」

「いいえ。今日はお願いに来ました」

晶子さんは怪訝そうに眉を顰める。

私は一歩引き、地面に両膝をついた。

「どうか、両親や家の者には手を出さないでください。嫌がらせなら、この私が受けます」

「は？」

「離婚はできません。しかし両親は関係ないじゃありませんか。どうか毒殺などと、恐ろしいことはおやめください。お願いします」

頭を下げようとした私の肩を、誰かがぐっと摑んだ。

上を向くと、晶子さんが目をつり上げて私をにらんでいる。

「あなた、なにを言っているの？」

「え……」

「手を出すなとか、毒殺とか。なにがあったの。詳しく説明しなさい」

私はぽかんと口を開けた。

「奥様は先日、賊の襲撃を受け、危うく刃を受けるところでした。ご実家にも賊が入り、その後の調査で水瓶に毒が入れられていることが発覚しました」

ぽかんとしている私に代わり、立花さんが洗いざらいぶちまける。

「まさかその賊を雇ったのが私だと思っているの？」

「え、は、はい」

「とんだ大バカ者ね。立ちなさいよ」

私は晶子さんの手を借りて立ち上がる。

彼女は目をつり上げたまま、腕を組み直した。

「私がそんな危ない橋を渡るわけないじゃない。毒薬なんてどこから手に入れるのよ」

「失礼ですが、お父上の伝手を頼れば、人でも毒でも簡単に手に入るのでは？」

ズバッと斬り込む立花さんを、晶子さんは呆れた顔で見返した。

「お父様だって法に触れるようなことはしないわ。そんなに愚かじゃないもの。それにお父様は、つい先日任務に発って、数か月は戻って来ないの」

海軍は船で任務に出るので、数か月連絡が取れなくなることも普通らしい。

では、晶子さんが私を狙ったのではないのか。

立ち尽くす私たちに、彼女は盛大なため息を吹きかけた。

「権力を持っているのはお父様であって、私じゃない。お父様がいなければ、私はなにもできないわ」

隆清さんに確認してもらえば、二条院中佐が任務に出ているかどうかはすぐにわかる。彼女がすぐにバレる嘘を言うような人には思えない。

「他に心当たりはないの？」

「ええ……ごめんなさい、疑って」

晶子さんでなければ、いったい誰が？

「もしかして、片岡さん？」

片岡さんが有坂家を乗っ取ろうとしていると言ったのは、晶子さんだった。

子供が生まれないうちに、私や隆清さんを害してしまえば早いと思ったのかも。

困惑する私を落ち着かせるように、晶子さんがぽんと肩を叩いた。

「片岡殿のことは全部、私の作り話よ。よくできてたでしょ?」

「はい?」

「こう見えても私、作家の卵でしてよ」

ふふんと得意げに笑う晶子さんに、一瞬イラッとした。

作り話ってなによ。この人、どういう神経をしているの?

やけに真実味のある話だったから、片岡さんのことを疑ってモヤモヤしていた私の数日間を返してほしい。

「ごめんなさいね。でもあなたは私から有坂様を横取りしたんだから、痛み分けよね」

「う……うう~ん、はい……」

全然痛み分けじゃないと思うけど、ここで怒っても仕方がない。

結果的に片岡さんの疑いは晴れたのだからいいとしよう。

渋々うなずくと、晶子さんはさらに私を驚かせる。

「実を言うとね、もう有坂様のことはどうでもいいの。あなたに珈琲をかけた日の翌日、別の人とお見合いさせられたのよ」

「ええっ」

驚いた私に、彼女は澄まし顔で話を続ける。

「ある商船会社の御曹司とよ。最初は嫌だったけど、会ってみたら気さくないい人だったわ」

「そうなんですか……」

「財産もたっぷりあるし、顔もいいの。結婚生活がうまくいくかどうかはわからないけど」

彼女ほどの良家の令嬢を、世の男性が放っておくわけはない。各所から縁談が届くはずだ。

その中から彼女が気に入る人が現れたなら、喜ばしい。

「隆清さんのこと、好きだったんじゃないの……ですか？」

「敬語でなくていいわよ。有坂様のことは好きだったわ。初恋だったの。彼はたしかに、あのバルコニーにいたわ」

晶子さんはバルコニーを見上げた。

たしか、二条院家のパーティーで、彼らは会場から抜け出して……。

「熱くて夜風に当たろうと思って出たら、彼が先にいたの。私が挨拶をしたら、彼は空を見上げて『月が綺麗ですね』って言ったのよ」

「月？」

「英語のアイラブユー、つまり『愛してる』をね、明治の作家が『月が綺麗ですね』って訳したのよ」

いきなり英語だの、作家だのと言われ、私は首を傾げた。

晶子さんはふっと苦笑を漏らす。

「彼もきっとあなたのように、そのことを知らなかったのよね。でも私はそれで、告白されたと思ったの。思いたかったのかも。いつかお見合いして結婚するとわかっていたけど、恋というものに強く憧れていたから」

私はなんと返したらいいかわからなかった。

「どうして意に染まぬお見合いをしなきゃいけないのかと悩んで苦しんでいたの。あっさり有坂様のことを諦めたお父様にも腹が立っていた。だからあなたに意地悪をして、憂さを晴らそうとしたの。私はそういう人間なのよ」

なに不自由なく育ったように思える晶子さんにも、色んな葛藤があったのだろう。

「でも、全然スッキリしなかった。ムカムカしたままお見合いの席に座った私に、相手は面白い話をして笑わせようとしてくれた。その顔を見ていたら、なにもかもどうでもよくなったのよ」

「その御曹司さんのことは、好きなの？」

「ええ、多分ね。だから、もういいの。あなたには悪いことをしたわね。ごめんなさい」

少し照れ臭そうに、彼女は屋敷の方を向いた。

そうか……そういう事情だったのね。晶子さんはまったくの嘘をついていたわけではなかった。

うちの屋敷まで乗り込んできたのは、お見合いするのが嫌で、感情が不安定だったせいなのね。

私も、顔も知らない人と結婚するのは嫌だったからよくわかる。晶子さんは隆清さんに憧れていたのだから、なおさらだろう。

運よくいい人に出会えたからよかったけど、きっと今日まで心の整理も必要だったよね。

なんにせよ、彼女が幸せになれるなら、それに越したことはない。

今までのことは水に流そう。謝ってくれたんだから、それでいいわ。

「私……帰ります。すみませんでした」

他に心当たりがなかったとはいえ、疑って悪かったな。

謝ると、晶子さんはこちらに振り返ってうなずいた。

「そうね、暗くなる前に帰った方がいいわね。人力車を貸すわ」

「えっ、でも」

「意地悪した償いよ。じゃあまたね。ごきげんよう」

彼女は颯爽と、屋敷の中に入っていく。代わりに人力車を引いた車夫が現れた。

お抱えの馬車だけでなく、お抱えの人力車まであるのか。二条院家ってすごい。

「ありがとう！」

お礼を言うと、晶子さんは屋敷の入り口でさっと手を上げて応えた。

晶子さんの最初の印象は最悪だったけど、実はそれほど嫌な人間ではなかった。

ちゃんと話をしないと、その人の為人はわからないものね。

私と立花さんはありがたく、街まで送ってもらうことにした。


街は相変わらず人が多い。

私と立花さんは二条院家の車夫を見送ったあと、寄り道せずに流しの人力車かタクシーに乗って帰ろうとした。

が、今日に限って一台も見当たらない。

仕方なく、私たちは歩いて帰ることにした。

「大丈夫ですか、奥様」

屋敷までは徒歩で約三十分かかる。

立花さんは、私がこの前走っていて気分が悪くなったことをみんなに聞いているのかしら。ひよわだと思われているのかも。

「いつも相模さんたちと買い物に来ている街だもん。大丈夫よ」

晶子さんが黒幕だという予想が外れた。

彼女と和解できたことで、ひとつ悩みは減ったけど、もうひとつの謎が深まるばかり。

いったい誰が、私や両親を狙ったのかしら……。

考えながら歩いていたら、どこかから悲鳴のような声が聞こえた。

「なにかしら」

「奥様、むやみに首を突っ込まないでください」

「でも、誰か泣いてるわ」

声がするのは、すぐそこの細い路地の奥だった。

飲食店同士の間のその道は、人がひとり通るのがやっとの狭さだ。

暗い影が落ちるそこに、女の人が座り込んでいた。

着物がはだけ、下駄が脱げている。日本髪が崩れ、簪が地面に落ちていた。一見してただごとではないとわかる。

「俺が行きます」

「だめよ。誰かに乱暴されたのかもしれないわ。私が聞いてくる」

性的な目的で乱暴されたのだとしたら、男の人では余計に怖がらせてしまう。

「いいえ、警官を呼びましょう」

「警察なんて、人が刺されかけてもなにもしてくれないんだもの。言うだけ無駄よ」

それに、警官は男性ばかりだし。

立花さんの制止を振り切り、私は女の人に駆け寄った。

「大丈夫ですか？　立てますか？」

女性は動かず、嗚咽を漏らす。

「こんな昼間に暴漢が出ますか？　なにかおかしいです。奥様、戻ってください！」

立花さんの声が、建物の壁に反響して聞こえた。

「だって……」

立花さんの方を振り返ったとき、女の人が立ち上がる気配がした。
「奥様！」
必死の形相で駆け寄ってくる立花さん。
彼の視線の先は、私の背後に向けられている。
自分の肩越しにそちらを見ると、女性が私に刃物を向けていた。
凶暴な光を反射する切っ先に目を見開く。
かわそうと体を反転させたとき、女性が私に体当たりした。
間に合わなかった……！
体当たりされた衝撃で、私は背中から地面に倒れた。
「あぁっ！」
立花さんの悲鳴が聞こえた。
背中が痛い。それよりも、脇腹が痛い。
おそるおそる見ると、包丁の長い柄が帯から突き出ていた。
私、刺されたの？
「奥様、奥様！」
私を覗き込む立花さんの顔が青白い。

「お前は誰だ！」

立花さんが怒鳴ると、女性は肩を震わせ、唐突に笑い出した。

「ははははっ、やってやった！　殺してやった！」

「なにをっ」

「恨むなら、自分の旦那を恨むんだね。私の許嫁は、お前の旦那に殺されたんだ」

髪を乱した女性が、遠慮なく高笑いする。

「それ以上の自白は、警察署でしていただこうか」

女性の狂気を孕んだような笑いがぴたりとやんだ。

私は顔を動かし、そちらを見る。

すると、そこには後ろから拳銃を突きつけられた女性が、青くなって立ちすくんでいた。

「あ……」

枯草色の軍服が視界に入る。

女性の後頭部に拳銃を突きつけているのは、隆清さんだった。

「俺の妻を傷つけた罪は重い」

今にも引き金を引きそうな隆清さんは、鬼の目で女性を見下ろしていた。

「ご主人様、女は俺に任せて、奥様を」

立花さんが拳銃を突きつけられて固まっている女性の腕を、懐から出した手ぬぐいで縛り、地面に押さえつける。

膝をついて丸まった女性を飛び越え、隆清さんが駆け寄ってきた。

「寧々！」

「隆清さん……」

彼は私の脇腹を見て、刮目した。

言葉を失って青くなる彼の前で、私は包丁を帯から引き抜こうとする。

「いけない。苦しいだろうけど」

隆清さんが私の手を押さえつける。

「違うの。大丈夫よ、私」

「えっ？」

お腹から包丁の柄が突き出ている光景が衝撃的で、一瞬意識が遠のきそうになった。

しかし痛かったのは一瞬で、帯に血が滲むこともない。

私は思い切って包丁を引き抜いた。

「……どうして」

傷口から血が噴き出さないことに気づいた彼は、私の体を抱え起こした。

私は帯の内側に手を入れ、気づいた。

「これだわ。ああ、無残な姿になって」

帯の中にあったのは、隆清さんがくれたお祖母さんの印籠だった。

私の代わりに刃を受けた印籠は、家紋を真っ二つにするように割れてしまっている。

「お祖母さんが……ううん、あなたが私を守ってくれたのね」

ホッとして笑うと、隆清さんは眉を下げ、深く長い息を吐いた。

今日、着物を着ていなければ、この印籠を帯に入れることもなかった。

幸運が重なったのだ。その幸運は、彼や彼のお祖母さんがくれたような気がする。

「どうして……どうして生きてるのよ」

立花さんに押さえつけられた女性が、亀のように首を上げ、声を震わせた。

脱力していた隆清さんが、厳しい顔をそちらに向ける。

「どうしてっ、あの人は死んだのに、お前たちは生きているのよおおおっ！」

耳が痛くなりそうなほどの絶叫が響く。

女性の血走った眼から、涙が溢れていた。

その顔をまじまじと見ていたら、ハッと脳裏に過去の出来事が閃いた。

この人、街で酔っぱらいに絡まれていた芸妓さんだ。

あのとき彼女は、隆清さんを見て、近づこうかどうしようか逡巡しているようだった。

晶子さんが乱入したから、話しかけたくても話しかけられず、帰ったのだと思っていたけど、そうじゃなかったのか。

『私の許嫁は、お前の旦那に殺されたんだ』って、いったいどういうことなんだろう。

「……これはあなたの物だな」

隆清さんは胸ポケットから、なにかを取り出し、彼女に見せるように手を出した。

手袋をした手に乗っていたのは、汚れた階級章。

女性はそれを見て、「あっ」と漏らした。

「これは？」

「寧々の実家に落ちていた。これで俺は、晶子さんや片岡叔父ではなく、軍の関係者が今回の事件に関わっているのではないかと推測していた」

そういえば彼は、私がネコの死体を庭に埋めているとき、ひとりで水瓶周辺を掃除していたはずだ。そのときに見つけたのだろう。

帰り道で塞ぎ込んでいたのは、階級章が誰のものか考えていたからかもしれない。

淡々と話す隆清さんに、嚙みつくように女性が吠える。

「返せっ！　それはあの人が遺した唯一のものだっ。お前のせいであの人はシベリアで死に、遺体はおろか、その階級章しか戻ってこなかった！」

遠慮なく嗚咽を漏らす彼女を、隆清さんは冷静な目で見下ろす。

これが彼女のものってことは、水瓶に毒を入れたのは彼女自身だということだ。

許嫁の形見ならば、いつも肌身離さず持っていたのだろうに。

毒を入れるときに緊張したのか、それとも焦っていたのか、落としてなくしてしまうなんて。今まで探していたに違いない。

「返すとも」

隆清さんが立ち上がる。彼の手を借り、私も立ち上がった。

「あなたは俺の麾下だった、佐伯《さえき》上等兵の許嫁。美代《みよ》さんだ」

名前を呼ばれ、彼女はハッと我に返ったような顔をした。

「なぜそれを……」

「佐伯上等兵から、写真を見せてもらったことがある。シベリアで彼を含む小隊を率いているとき、夜中に恋人自慢をされたときがあった」

寒い夜の見張り番は、特別つらかっただろう。

佐伯上等兵は、許嫁の美代さんの写真を肌身離さず持っていた。

『中尉には、大切な人がいますか？』

当時まだ中尉だった隆清さんにそう尋ねた佐伯上等兵の目が印象的だったと、彼は語った。

「ある日の戦闘で、佐伯上等兵は不運にも、爆撃で片足を失った」

美代さんの顔が歪む。

隆清さんは感情が読めない目で、話を続けた。

『中尉、これ以上の行軍は自分には無理です。みんなに迷惑をかけるので、ここに置いていってください』

じゅうぶんな治療を受けることもできず、痛み止めだけで耐えていた佐伯上等兵は、意識がハッキリしているうちに、と隆清さんにそう申し出た。

『そんなことができるか』

『いいえ、俺がいては足手まといになります』

シベリアの地で、日本軍は苦戦していた。

日本の雪国とは比較にならないくらい気温は低く、雪は深かった。

『これを、俺の家族に届けてください。遺書は荷物の中に……』

軍服についていた階級章をむしりとって隆清さんに渡し、そのまま佐伯上等兵は意識を失った。

語り終えたあと、隆清さんは瞼を閉じた。

遠い過去のシベリアに思いを馳せるように。

「この階級章を見たとき、ふと佐伯上等兵のことを思い出してね。これをあなたに届けた軍曹に、あなたがどこで暮らしているか確認してみた。そうしたら、あなたは芸妓になり、店で接客した軍人に俺のことを聞き回っていることがわかった」

当然、露骨に聞いては不審がられるので、自然な流れで情報を得られるように心を砕いていたことだろう。

「そうよ。お客さんから、お前が結婚したと聞いたとき、それまで抜け殻だったような私の心に火が灯ったのよ。復讐の炎がね」

どうやら、隆清さんの部下が美代さんに接客してもらった際に、結婚の話を漏らしたらしい。

「それがきっかけで、お前の情報を集め、復讐の機会をうかがっていた。お前だけは絶対に幸せにするものかと思った」

「じゃあ、俺を狙えばよかったのに」

美代さんは険しい顔つきになった隆清さんを嘲笑う。

「酔っぱらいに絡まれたあのとき、正面切ってお前と勝負するのはバカだと悟ったのさ。お前には私と同じ不幸を味わわせてやりたくて、妻やその両親を狙った」

隆清さんと一対一じゃ勝てないから、妻を殺して精神的苦痛を与えようとしたのか。自分が大事な人を失い、言葉では表せないほどの悲しみを味わったから……。

「賊を雇ってまで？」

「いいお客さんがたくさんついているんでね。体を開けば、誰でも大金をくれた。それで腕利きの者を雇った」

ぞくりと体が震える。

いくら復讐のためだとはいえ、好きでもない人に体を許すなんて。

「でも、佐伯上等兵が亡くなったのは、戦争のせいよ。隆清さんのせいじゃないわ」

佐伯さんを殺したのは、爆撃と寒さだ。隆清さんじゃない。

復讐なんて意味がない。そのために美代さんがますます不幸になるだけだ。

「寧々、やめるんだ。彼が死んだのは、指揮官である俺が無能だったせいだ。俺の采配がよければ、佐伯上等兵は死なずに済んだかもしれない」

「そうだっ、お前のせいだ！　なにが戦略の天才だ。部下を守れなかったばかりか、置き去りにするなんて！」

喉が張り裂けんばかりの慟哭に、こちらの胸まで痛くなる。

「すまなかった」

隆清さんは彼女の目の前まで近づき、背中を押さえつけていた立花さんに、手を放すように命令した。

手首を縛られた美代さんの手のひらに、彼は佐伯上等兵の階級章を置く。

美代さんはそれを抱きしめ、佐伯上等兵の名前を呼んで泣き続けた。

＊＊

涙が枯れて放心した美代を警察に引き渡し、俺たちは家に帰ることにした。

俺が美代の存在に気づいたのは、寧々の実家で佐伯上等兵の階級章を拾ってから数日後だった。

階級章を寧々に見せなかったのは、いたずらに心配をさせたくないと思ったから。

もう少し色んなことが明らかになってからにしようと決めたのだ。

隠し持ってきた階級章を、寧々が湯あみをしている間にひとりで見つめた。

階級は上等兵。

現役の軍人なら、このような証拠を現場に残すヘマはしないはず。

とすると、縁者の形見を持った誰かが、うっかり落としていったのだろう。

相手は軍人ではない。素人だ。

ここで二条院中佐の線は消えたと思っていいだろう。

問題は、民間人に恨まれる心当たりがないことだった。

階級章には階級を示す以外の手がかりはない。

今は軍にいない上等兵で、俺と関わりがあった者……。

俺は寧々と出会う前、他人に対しての興味が極端に薄かった。

それでも佐伯上等兵のことはちゃんと覚えていた。

シベリアで死んだ部下は彼だけではないが、負傷した自分を雪の中に置いていけと言った者は、彼だけだったから。

他の者は「死にたくない」「助けてくれ」と呻きながら死んだ。それが当然のことだった。

まさかと思いつつ、俺は佐伯上等兵の遺された家族を調べさせた。

結果、家族は田舎で農家を営んでいることが判明。

佐伯上等兵の兄が家を継いでおり、兄弟姉妹も同じ村で農業に勤しんでいる。

『弟のことは残念だったけどねえ。兵隊さんってそういうもんだから。階級章は弟の許嫁に送ったんだよ。あの子もかわいそうだったな』

そう言い、兄は仕事に戻ったという。

諦めかけたとき、佐伯上等兵と時期を同じくしてシベリアに行っていた部下のことを思い出した。

佐伯上等兵の遺品を家族に届けるようにと一任した一等兵だ。

彼は運よく今も同じ基地にいるので、拾った階級章を見せてみた。

『道端で拾ったのだが、なぜか佐伯上等兵のことを思い出してね』

俺から世間話をされることなどなかった一等兵は、目をぱちくりして答えた。

『覚えておいでてしたか、大尉』

『家族が彼の許嫁に階級章を送ったという話を知っているか？』

『階級章……ですか。許嫁……』

そういえば許嫁の写真を見せてもらったことがあったな、とその面影を思い出そうとした。隣で一等兵が「あっ」と声をあげる。

『そうだ、美代さんという名前だったかな。生前、階級章だけは許嫁に送ってほしいと佐伯が言っていたんです』

『そうだったのか』

『ほら、階級章って胸につけるでしょう。心の一番近くにあるものだからって』

言いながら当時のことを思い出したのか、一等兵はつらそうに顔を歪めた。

心の一番近くに……か。佐伯は美代のことを深く愛していたのだろう。

『その許嫁は今どこに住んでいるか、知っているか』

『それが……芸妓になっているんです』

一等兵は答えづらそうに、口を開いた。

俺は言葉を失った。芸妓だと？

芸妓が軍人と婚約することはほとんどない。なにか事情があって、佐伯の死後に美代は芸妓になったのだ。

おそらく身寄りがなく、生きる術がそれしかなかったのだろう。

佐伯と結婚できていれば、幸せになっていたかもしれないのに……。

『先輩たちに連れられてそういう店に行ったとき、美代さんがいたんです。シベリアの話を、詳しく聞きたがっていました』

一等兵の話によると、美代はしつこくシベリアの話をねだっていたそうだ。

『そうか。たしかすごい美人だったな。たまにはそういう店で遊んでみようか』

一度直接話をしてみるのもいいかもしれないと思い、店の名を聞こうとした俺に、一等兵は言った。

『やめた方がいいですよ。大尉は新婚で、かわいい奥さんに骨抜きにされているって、先輩たちが話していましたから。いくら大尉が美男でも、芸妓さんたちは相手にしてくれませんよ』

美代は俺が結婚していたことを知っている。

その事実を知ったとき、すべてが繋がった気がした。

彼女はもしや、佐伯上等兵の上官だった俺と、その妻を恨んでいるのか。

彼女の周辺を探ってあとをつけていたら、寧々を刺そうとしているところに出くわしたのだった。

寧々は絶対に守る。殺させはしない。彼女は俺の唯一の女性。太陽なのだから。

結果、なんとか寧々の命は助かった。

帰り道、俺を気遣うようにふにゃりと笑う顔が、愛しくてたまらなかった。

あなたがいれば

一か月後。

事件解決後、実家の建て直し工事は順調に進んでいる。

両親は借家に引っ越し、再び仲睦まじく暮らすようになった。たった数日でも、お互いに会えないのが寂しかったみたい。

父は新しい仕事に馴染み、楽しくやっている。

母は父と再び暮らせるようになり、めきめき元気になっているとか。

体も大事だけど、心の健康も大事だなあとしみじみ思う。とにかく、両親とも元気でありがたい。

「まあ。じゃあその芸妓が黒幕だったのね」

有坂家のテラスで、晶子さんは興味深そうに私の話を聞いていた。

彼女は私と和解してから商船会社の御曹司さんと正式に婚約をし、もうすぐ結婚する。

幸せになり、すっかり柔らかくなった彼女の表情は、ますます綺麗になっていた。

今日は結婚の報告をしに、うちを訪ねてくれたのだ。感情の起伏が激しいところもあるけど、意外と律儀でもある。

私は晶子さんに事件の真相を話し、彼女は目を輝かせてそれを聞いていた。さすが作家志望。こっちは生きるか死ぬかだったのに、彼女から見れば物語の一部でしかないみたい。

「災難だったわね。逆恨みでしかないわ。気にしないことね」

「うん……」

あのあと、隆清さんは少し落ち込んでいた。

佐伯上等兵以外にも、あの戦争で亡くなった部下が何人もいる。

軍人だから仕方ない、では遺族の気持ちは収まらない。

美代さんのように苦しみ続ける遺族がいると思うとやりきれず、本気で軍を辞めようと考えていたみたい。

私は彼の好きにすればいいと言った。

軍人でい続けても、辞めて別のことを始めても応援すると言うと、彼は安堵したように微笑んでいた。

「で、その黒幕は警察に引き渡したんでしょ」

「うん。かわいそうだけど、隆清さんがそうしようって」

「かわいい妻に手を出したんだもの。それは許せないわよね」

あのまま美代さんを解放することもできたけど、隆清さんは警察に出頭するようにすすめた。

心が壊れたまま俗世に戻っても、ますます身を持ち崩すような気がしたからだと、あとから聞いた。

警察にいれば、取り調べや拘留の間は、自殺などしないように見張ってくれる。体調が悪くなれば、医者にかかれる。

『どんな事情があろうと、寧々を傷つけようとしたことは許さない』

そんな風に言っていたけど、本当は美代さんのことを考えた結果だったのだと思う。

「それにしても印籠が刃を受けてくれたなんてすごいわね」

「それは私もびっくり」

美代さんが体当たりしてきたとき、正直私の人生はここで終わるのだと思った。

印籠は職人さんに修理を依頼し、なんとか復元できないか手を尽くしてもらっている。

「ねえ、これ小説のネタにしていい?」

「ええ……どうかなあ……」

私だけの一存では決めかねる。創作として、登場人物の名前を架空のものにすれば大丈夫な気もするけど。

「いいじゃない。黒幕だと疑われた私への慰謝料として、ネタを提供しなさいよ」

「隆清さんにも聞いてみなきゃ。今日はこれで我慢して」

私は迫りくる晶子さんの口に、手作りのアップルパイを放り込んだ。

甘く煮たリンゴとカスタードクリームをパイ生地の中に詰めて焼いたもの。本場の物は大きく焼いて切り分けて食べるそうだけど、自家製窯では生焼けになりそうなので、小さめのものをいくつか作ってみた。

「あら、おいしいじゃない。あなた、才能あるわよ」

「本当?」

お世辞を言わない彼女の褒め言葉は、素直にうれしい。

それに、晶子さんは生まれたときから超一流のものばかり食べているはず。その彼女に褒められたということは、私も一流の菓子職人に負けずとも劣らずってこと。そうに違いない。

「本当本当。うちのお抱え料理人にならない？　お菓子専門の」

「お菓子専門って。朝から晩まであなたのお菓子を作るの？」

「そうよ。世界一かわいいエプロンを支給するわ。給金も弾むわよ」

「そして、暇なときはふたりでおしゃべりするのね」

きゃっきゃと学生みたいにはしゃいでいると、サクサクと庭の芝生を踏んで誰かが近づいてくる足音がした。

「お嬢さん方、とても楽しそうなところ申し訳ないけど、晶子さんのお迎えが来たよ」

そう言って近づいてきたのは、洋服を着た隆清さんだった。

「ああ、そうだったわ。このあと彼と食事なの。じゃあ、またね」

「うん。またいつでも寄って」

すっかり打ち解けた私たちを見て、隆清さんが面白いものを見るようにニヤリと笑いを零す。

「犬猿の仲だったのに……」

「なによ？」

「いや、なんでも」

晶子さんは椅子から立ち上がり、ちらりと籠に盛ったパイを見た。少し未練がありそうな顔をしている。

「そうだ。お土産に包もうっと。相模さーん、紙袋あったかしらー」

大声を出すと、相模さんが走って袋を持ってきた。

彼女は晶子さんが大嫌いだったけど、今は大人しく丁寧に接している。さすが上品な女性は違うわ。

「嫌だわ、あなた私を太らせようっていうのね」

「晶子さんは華奢すぎるもの、太ってちょうどいいくらいよ」

余ったパイを詰めた袋を渡すと、晶子さんは言葉とは裏腹に、うれしそうに微笑んだ。

「ありがとう。彼にも食べてもらうわ」

「御曹司さんの口に合うといいけど」

「大丈夫よ。とってもおいしいもの。じゃあ有坂夫妻、ごきげんよう」

晶子さんはウキウキとした足取りで、帰っていった。

「いい友達ができてよかったな」

隆清さんが言う。

女学校に行けず、剣術に明け暮れ、お嫁に来てからもご近所に同年代の人がおらず、友達という友達がいなかったのだ。

相模さんたちがいるから寂しくはなかったけど、同年代の友達ができたのは素直にうれしい。

「うん。晶子さんって打ち解けると、とっても楽しい人よ」

大きくうなずくと、隆清さんもうれしそうに微笑む。

彼は晶子さんが座っていた椅子に座った。

和子さんがすかさず珈琲が入ったカップを隆清さんの前に出す。

「片岡さんは元気だった？」

残っていたアップルパイを口に入れたばかりの彼は、それをおいしそうに咀嚼しながらうなずいた。

甘いものが苦手な彼は、なぜか私が作ったお菓子だけは食べられるそうだ。

「ああ。寧々と仲良くやっているのを相模からも聞いているらしく、始終ご機嫌だった」

パイを飲み込んでから話し、珈琲で口を潤す。

今日、隆清さんは片岡さんの家を訪ねていた。

晶子さんの妄想物語を聞いてから、私は一方的に片岡さんを敵視してしまっていた。

相模さんに私がちゃんと妻としての役目を果たしているか、報告するように言っていたという事実もある。

「ご機嫌に見せかけて、実はなにか企んでいたのかも……」

ブツブツ言う私を、隆清さんが呆れ顔で見つめる。

「あのな、叔父さんはうちの財産を狙ったりしていないから。もっと財産がある家の婿になっているし」

「そうなの？」

彼は最初から、晶子さんの妄言など信じていなかったらしい。

「叔父さんは俺が子供のときから面倒を見てくれていた。育ての親みたいなものだよ」

「……ごめんなさい」

片岡さんのことを疑ってかかっていたことを謝る。

隆清さんにすれば、父代わりの人を疑われて、気分が悪かっただろう。

「いや、あんなことがあったんだし、周りを信じられなくなって当然だ。まあ、それはさておき」

もう一口珈琲を飲んで、彼は私に言った。

「叔父さんも晶子さんと同じく、君を勧誘したいんだそうだ」

「えっ？」

彼は私の顔を覗き込んで笑みを浮かべる。

「叔父さんは手広く色んな商売をしているんだが、人手が足りないそうなんだ。君が職業婦人に憧れていると言ったら、ぜひ使いたいと言ってくれた」

「そうなの？」

「君は元気で明るいから、きっとよく働いてくれるだろうと期待していたよ」

正直、片岡さんのことはよく知らない。

お父さんの昔馴染みということくらいで、具体的になにをしているかは聞いたことがなかった。

「働かせてもらえるのはありがたいけど、なにをしたらいいの？」

「百貨店で、書類の整理や簡単な計算、売り場整理、催事企画……」

「なにそれ、すごい」

百貨店は噂に聞いたことはあるけれど、まだ行ったことはない。

「叔父さんの会社が経営する百貨店が、実は売り上げが伸び悩んでいてね。女性ならではの新たな視点を取り入れ、売り場作りをしていきたいそうだ」

「そんなの、学のない私にできるかしら」

「女学校で習ったことなんて商売には役に立たないからね。案ずるより産むが安し。とにかくやってみたら？」

隆清さんや片岡さんは、私ならできると思うのだろうか。

生まれてこの方、ちゃんと働いたこともないのに、そんな大役務まるかしら。

即答できずに黙っていると、隆清さんがぼそっと呟く。

「お菓子売り場もあるよ」

「はい？」

「百貨店の名物になるお菓子を考案するのとか、楽しそうじゃないかな」

ぱあっと私の脳裏に、世界中のお菓子を並べたお菓子売り場が浮かんだ。

それほど多くの種類を知っているわけじゃないから、ぼんやりとした想像だけど、ショーケースの中に世界の珍しいお菓子を並べる想像をしただけで胸が弾む。

「そうね。やってみようかしら」

「まあ仕事だから、楽しいことばかりじゃないと思うけど。君なら大丈夫だろ」

隆清さんが後押ししてくれるから、余計にワクワクしてきた。

そうよ、一回できるかどうか、やってみればいいのよ。

髪を短く切って、スカートに革靴で、百貨店の中を闊歩するの。格好いいじゃない。

「俺も叔父さんの商売を手伝おうかな。寧々だけ楽しそうでずるい」

彼はウキウキする私を見て、苦笑した。

「隆清さんも誘われたの？」

「うん。まあね」

彼は詳しく話さず、珈琲を飲み干した。

きっと片岡さんは、今回の事件のことを知り、隆清さんが深く傷ついたことを察して心配してくれたのだろう。

私だって、あんなことがあったら辞めたくなる。いやその前に、戦場で部下たちの命を預かるという重責に耐えられない。

偉い軍人さんの中には、部下や敵や巻き込まれた民間人が何人死んだって、気にしない人もいる。

祖国のためという大義名分を振りかざし、進んで殺人や略奪をする者もいる。

でも、隆清さんはそうではないのだ。

両親がいなくなり、早く独立しなくてはならないから、陸軍幼年学校を受験し、寂しさや退屈を紛らわせるために勉強をしていただけだ。

決して偉くなりたくて、軍人になったわけじゃない。

「私もあなたなら、他のこともできると思うわ。私と違って地頭がいいんだもん」

「俺は普通の男だよ」

「そう。それに特別優しいの。だから、軍人以外でもいいと思うわ」

微笑むと、彼も笑った。

「それは誤解だ。俺が特別優しくするのは、君だけだよ」

呟き、彼は私に口づけた。強い珈琲の香りがした。

「俺自身のことは、もう少しよく考えるよ。君はやりたいことをなんでもするといい」

「隆清さん……」

「軍人は人を傷つけるだけでなく、きっと守ることもできるはずだと思うから」

「……そうね」

彼みたいな人が偉くなれば、人を傷つけるのではなく、守るための軍隊に変わっていけるかもしれない。

そのために彼の心に負担がかかるのは心配だけど、私は彼が目指すことを応援するのみだ。

彼は笑顔で空を仰いだ。

空は青く、白い雲がところどころに模様を描いていた。

半年後、私と隆清さんは晶子さんの婚約披露パーティーに呼ばれた。

結局隆清さんはいまだに陸軍を辞めていないので、正装である陸軍の正衣で参加することに。

正衣はいつもの枯草色の軍服とは違い、金色の立て襟、黒っぽいダブルボタンの上着にスラックス、くるぶしまでのブーツ。

胸には階級章や勲章が光り、いつもよりかなり大げさな装いに、隆清さんは苦い顔をしていた。

「これ、外してもいいかな。重いんだ」

「だめよ。今日はお偉いさんもいるだから。舐められちゃう」

「別にいいよ舐められたって」

階級章や勲章を外そうとする隆清さんを、なんとか止めた。

「今日の主役は晶子さんたちなの。変わったことをして目立ったら迷惑でしょ」

「わかってるよ。せっかく綺麗な装いなのに、そう怒らないで」

綺麗と言われた私は、相模さんが選んだ夜会用のドレスを着ていた。

詰襟にも袖にも、裾にも、至る所にフリル満載の、エメラルドグリーンのドレスに、白い革靴。

髪は夜会巻き、頭には帽子。耳には真珠のイヤリング、首にはリボンとネックレスの二つ重ね。

こっちが今すぐ全部脱ぎ去りたいくらいだわ。

扇で火照る頬を仰ぎながら二条院家のお屋敷を訪ねると、大広間に通された。

そこには燕尾服を着た人、ドレスを着た人、着物姿、軍服姿と、色んな衣装の人がいた。

彼女のお父さんが海軍中佐なので、海軍の制服を着た人も多く見られる。

「寧々、待ってたわよ！」

白いドレスを着た晶子さんが奥から駆け寄ってきてくれる。

「晶子さん、とっても綺麗ね。おめでとう」

「ありがとう」

晶子さんは襟から一列にボタンが並んだ、長袖の白いドレス。フリルは少ないが、もともとの顔が派手でスタイルもいいので、すとんとしたスカートが上品に見える。

「夫婦仲は順調？」

「ええ、楽しくやってるわ」

晶子さんに手を引かれて奥に行くと、噂の御曹司さんが立っていた。

燕尾服が似合う、隆清さんに負けずとも劣らない美男だ。

優しそうな笑顔で会釈する彼に、私はぺこりと頭を下げる。

「とっても優しそう」

「そうでしょう。私、絶対に幸せになるわね」

晶子さんは柔らかく微笑んだ。すでに顔面から幸せそうな空気がだだ洩れしている。

「うん。きっとよ」

彼女は市街地のど真ん中に引っ越すみたいだけど、いつでも会える距離なので安心した。

「ところで、仕事の方はどう？」

「楽しいよ。日々勉強することばかりだけど」

百貨店の売り場管理はやることが多すぎて、最初はほぼ雑用みたいなことばかりやっていた。

最近やっと認められて、お菓子売り場担当になれたけれど、今まで扱ったことのない洋菓子をどうすれば安定した品質と味でお客様に提供できるかという研究は奥が深すぎて、くじけそうになることも多い。

片岡さんの親戚だから好き勝手やっていると誤解されることもあるし、陰口を叩かれているのを聞いてしまったこともある。

自分がいいと思った商品も、上層部がいいと言わなければ、取り扱いはできない。

色んな葛藤はあるけど、やりがいも感じている。

「でも、子供ができたらどうするの？　辞めちゃうの？　まだ何か月かしか働いてないでしょう？」

「それがね……」

私はそっと自分の腹部を撫でた。

「すまないが、椅子を貸してもらえないかな」

背後からぬっと出てきた隆清さんが、晶子さんに申し出た。

「え？　もしかして……」

「うん、そのもしかで」

働きはじめたばかりだというのに、私は隆清さんの子供を身ごもった。診察の結果、今四か月に差しかかったところだという。

妊娠はもちろんうれしく、ふたりでとっても喜んだ。

相模さんと和子さんなんて、手を取り合って踊っていたほど。

立花さんは冷めた目で見ていたけど、翌日から私が滑って転んだりしないよう、靴の底を加工してくれていた。

問題なのは、私の仕事だ。

職業婦人と言っても、そのほとんどが結婚し、子供ができたら辞めてしまうのだという。

仕事を始めたばかりで妊娠発覚した私は、おそるおそる片岡さんに連絡した。

しかし片岡さんは「めでたい！」と大喜びし、出産したあとに私が復帰したければさせてくれると言ってくれた。

片岡さんは最初から、孤独な生い立ちの隆清さんを心配し、家族ができることを切望していたので、願ったり叶ったりだそう。

『農家の奥さんたちは、赤ちゃんを背負って野良仕事をしているらしい。寧々さんもそうしたらいい』

満面の笑みでそうは言うものの、彼はずっと現場にいるわけではない。

丈夫でぐうぐう寝てくれる赤ちゃんならいいけど、すぐ熱を出すような子だったら？

一歳過ぎて歩き出し、二歳でしゃべりだし……黙って背負われている時期を過ぎたらどうするか。

課題は山積みで、今から頭が痛い。

隆清さんは子供に寂しい思いをさせたくないようで、私も同じように思っている。

こうなれば、相模さんと和子さんもベビーシッターとして一緒に出勤するしかないかしら……なんて考えているところ。

「まあああっ！　おめでとう！　おめでとう！」

今夜お祝いを言われるはずの晶子さんがおめでとうを連発するので、招待客の目線が私に集まってしまう。

晶子さんは隅に置いてある椅子に私を座らせてくれた。

「無理しなくてよかったのに。大丈夫？　もう帰る？」

私の体調を気遣ってくれる晶子さんは、昔とは別人のよう。

「大丈夫だって。あなたの晴れ姿を見たかったの。さあ、主役がこんな隅っこにいちゃいけないわ。みんなが待ってるわよ」

御曹司さんまで、こっちを心配そうに見ている。

私は晶子さんを御曹司さんの元に帰るように促した。

さすが良家同士の結婚披露パーティー。なにもかもがきらびやかだ。

私は椅子に座って、夢のような光景を眺める。

開場の真ん中にある大きなケーキは、私が職人に依頼して作らせたものだ。

ふたりで切り分けたケーキを招待客に振る舞う晶子さんと御曹司さんは、とても幸せそうだった。

「いいわねえ、結婚って」

隅っこでケーキを食べて頬を緩める。

隆清さんはたびたび軍の関係者に声をかけられ、そのたびに愛想笑いを返していたけど、私は気楽なものだ。

「悪かったな、俺たちのときはこんなふうにしてやれなくて」

やっと暇になった彼が私の隣に座り、ため息を吐いた。

「謝ることないわよ。私なんて式の途中で寝たのよ」

「そんなこともあったな。あのとき俺たち、お互い全然やる気がなくて」

帰りのタクシーがお葬式みたいに静かだったことを思い出す。

あのときは泣きそうだったけど、今思い出すと笑えてしまう。そんなこともあったなあ。

「でもああいう花嫁を見ていると、君に悪いことをしたなと、心底思うんだ」

隣を見ると、彼は眉を下げて晶子さんの方を見つめていた。

私はその頬をきゅっとつねる。

「いたっ」

「目を覚ましなさい。私が不幸そうに見える？」

「いや……」

「あの式も、宴会も、今となっては笑える話のネタ。私はそう思っているわ」

たしかに私の結婚式や宴会は、幸福なものとは言いがたかった。

白無垢だけでなくドレスも着てみたかったし、記念写真も撮りたかった。

でもそんなの、子供が生まれてからだってできる。

なんなら百日参りの写真を撮るときに、私がドレスを着たっていい。

「隆清さんに出会えて、私はとーっても幸せ。だから、つまらないことを言わないで」

彼に出会えなかったら、私は今も、田舎でくすぶり続けていただろう。

母の病気も悪くなる一方で、笑うことなどほぼなかったかもしれない。

そんな私たち一家を、彼は救ってくれた。

「あなたが物好きでよかった。本当なら私みたいな娘、誰もお嫁にしたがらなかったわ」

へへっと笑うと、彼は怒ったように目をつり上げた。

「そんなことない。君は出会ったときからかわいかった」

「またまたあ」

「本当だと言うのに」

彼は私の頬にそっと触れる。

「君は俺の凍てついた心を溶かしてくれた、太陽のような存在だ」

「ぷっ」

「なにがおかしい」

「だって、いきなり詩人みたいなこと言うから」

クスクス笑うと、渋い顔をしていた彼もついに笑った。

「さて、そろそろ踊りの時間にしましょう」

晶子さんの声が聞こえた。

広間の奥の大きな扉が開き、続きのホールに人が移動していく。

ホールの中には楽隊がいて、指揮者に従い、賑やかな音楽を奏でる。

誰からともなく男女手を取り合い、踊り出した。

「まあ、楽しそう」

これが華族名物の社交ダンスね。

明治には鹿鳴館《ろくめいかん》なんてものも流行ったらしいけど、もちろん私は踊ったことなどない。踊りといえばお祭りで踊る盆踊りくらい。

「行ってみようか」

隆清さんが立ち上がり、白い手袋をした手を差し出す。

「でも……」

「本格的に踊るわけじゃない。見よう見まねでやってみないか」

私は彼を見上げた。

隆清さんは地図がなくても大体の地形を把握しちゃう天才だから、ダンスも見よう見まねでできちゃうだろう。

「そうね。じゃあ、やってみようかしら。危険なときは、守ってね」

「もちろん」

申し出を承諾すると、彼はにっこりと目を細めた。

私は彼の手を取り、シャンデリアが光り輝くホールへと歩き出した。

次の曲が始まる瞬間を狙い、なに食わぬ顔で周りをちらちら見ながら、真似をしてみる。

「やっぱり難しいわ」

周囲の人とぶつからないよう、彼が私を導いてくれる。

手と手を組んで体がぴたりと寄り添うと、夫婦なのにくすぐったい感じがした。

「本当だ。これは難易度が高い」

私たちのダンスはとても華麗とは言いがたかったけど、そんなことはどうでもよかった。

隆清さんの目には私しか、私の目には隆清さんしか映っていない。

誰にどう思われるかは関係ない。

私たちの世界には、まだまだ知らないことがたくさん転がっている。

誰かと楽しく食べる食事の味だとか、添い寝する温かさだとか。

優しくされるくすぐったさも、自転車に乗るハラハラも、体を重ねるときの緊張も。

そのすべてを、あなたの笑顔と共に学んだんだ。

あなたの傷ついた心をまっさらに戻すことはできない。

だけど、これからの人生を一緒に楽しむことはできる。

きっとまだ、遅くない。

赤ちゃんが無事に生まれたら、きっと苦労が増えるだろう。

その苦労さえ、あなたが支えてくれたら、きっと楽しみになる。

うまくいかなくて葛藤して泣いたって、数年経ったら話のネタになる。

いつかおじいちゃんとおばあちゃんになって、「色々あったけど楽しかったね」って言えるといいな。

時代は回る。世界は変わっていく。

大きな流れに流されて溺れそうになることもあるだろう。

それでも私は、彼の手だけは離さない。

生き方がわからなくなっても、見よう見まねでなんとかしてみせるんだから。

「綺麗だよ、寧々。世界一の俺の奥さん」

曲が終わって足を止めたとき、彼が私の額に口づけをする。

私は満面の笑みで応えた。


【終】

あとがき

初めての方は初めまして。いつもの方はいつもありがとうございます。真彩《まあや》-mahya-です。この度は本作をお手に取っていただき、ありがとうございます。

前作の『没落令嬢は狂おしいまでの独占欲に囲われる』は明治時代、本作は大正時代が舞台になっております。

前作のあとがきでも書きましたが、私は幕末が好きです。なので明治は幕末の続きだからなんとかなるだろうと思っていて、痛い目を見ました。

明治もわからないのに、大正時代はもっとわからない。

矢絣の着物に袴、大きなリボンをつけた女学生のイメージしかないほど無知だったので、図書館で泣きながら資料を探しました。なぜそこまでして大正時代を書こうと思ったのか、自分でも謎です。

さて、今回のヒーローは軍人さんであります。グーグルマップもない時代に、地形を俯瞰で把握し、死角が生じないように陣を敷き、敵を誘い込んで一網打尽にするという特技を持っています。

ピンと来た方もいるかもしれませんが、彼のモデルは幕末に実際にいた新選組《しんせんぐみ》副長、土方歳三《ひじかたとしぞう》です。

詳しくは省きますが、土方さんは隆清と同じことができていたと言われています。戦うときは鬼のようだけど、そうでないときは優しいというギャップ萌えを狙いましたがいかがだったでしょうか。

ヒロインの寧々は、マーマレード文庫では珍しい、自分も戦える女の子です。ですが、格好よく戦うシーンは書けませんでした。ちーん。師範代なので、結構強いはずなのに……。すぐ隆清が助けちゃうからか、戦いでの活躍はできませんでした。

とにかく、現代とは違う雰囲気の今作ですが、楽しんでいただけたら幸いです。

最後に、マーマレード文庫編集部様、スーツの隆清を描いてくださった浅島《あさじま》ヨシユキ様、この書籍に関わっていただいたすべての方たちにお礼申し上げます。

そしてこのお話を読んでくださった読者の皆様。本当にありがとうございます。

不安定な世の中に翻弄される毎日ですが、皆様が健やかに過ごすことができますように。またお会いしましょう！

令和四年　九月吉日　真彩 -mahya-

マーマレード文庫

鬼大尉の生贄花嫁

～買われたはずが、冷徹伯爵に独占寵愛されています～

2022年9月15日　第1刷発行　定価はカバーに表示してあります

著者　真彩-mahya-　©MAHYA 2022
編集　株式会社エースクリエイター
発行人　鈴木幸辰
発行所　株式会社ハーパーコリンズ・ジャパン
東京都千代田区大手町1-5-1
電話　03-6269-2883（営業）
0570-008091（読者サービス係）
印刷・製本　中央精版印刷株式会社

ISBN-978-4-596-74856-0

m a r m a l a d e b u n k o